徐志摩 著

再别康桥

徐志摩诗歌全集

下

青岛出版社
QINGDAO PUBLISHING HOUSE

第三辑

猛虎集

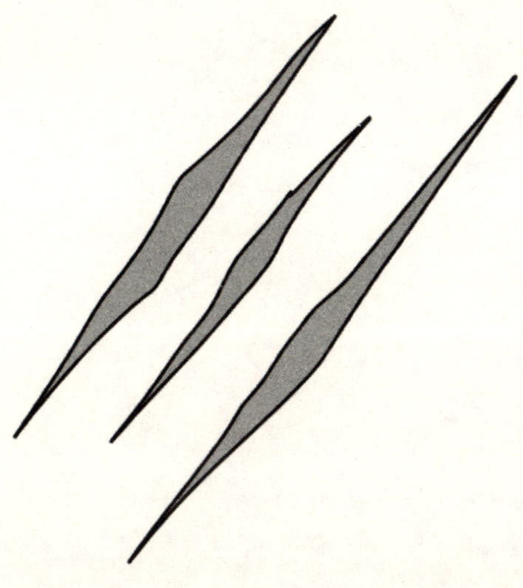

一块

晦色的
路碑

脚步轻些，过路人！
休惊动那最可爱的灵魂，
如今安眠在这地下，
有绛色的野草花掩护她的余烬。

你且站定，在这无名的土阜边，
任晚风吹弄你的衣襟；
倘如这片刻的静定感动了你的悲悯，
让你的泪珠圆圆的滴下——
为这长眠着的美丽的灵魂！

过路人，假若你也曾
在这人间不平的道上颠顿，
让你此时的感愤凝成最锋利的悲悯，

在你的激震着的心叶上。

刺出一滴，两滴的鲜血——

为这遭冤屈的最纯洁的灵魂!

（写于1925年3月1日）

残春

昨天我瓶子里斜插着的桃花，
是朵朵媚笑在美人的腮边挂；
今儿它们全低了头，全变了相：
红的白的尸体倒悬在青条上。

窗外的风雨报告残春的运命，
丧钟似的音响在黑夜里叮咛：
你那生命的瓶子里的鲜花也
变了样；艳丽的尸体，谁给收殓？

（写于 1927 年 4 月 20 日）

干着急

朋友，这干着急有什么用，
喝酒玩吧，这槐树下凉快；
看槐花直掉在你的杯中——
别嫌它：这也是一种的爱。

胡知了到天黑还在直叫
（她为我的心跳还不一样？）
那紫金山头有夕阳返照
（我心头，不是夕阳，是惆怅！）

这天黑得草木全变了形
（天黑可盖不了我的心焦；）
又是一天，天上点满了银
（又是一天，真是，这怎么好！）

秀山公园八月二十七日

（写于1927年8月27日）

俘虏

颂

我说朋友，你见了没有，那俘虏：
拼了命也不知为谁，
提着杀人的凶器，
带着杀人的恶计，
趁天没有亮，堵着嘴，
望长江的浓雾里悄悄的飞渡；

趁太阳还在崇明岛外打盹，
满江心只是一片阴，
破着褴褛的江水，
不提防冤死的鬼，
爬在时间背上讨命，
挨着这一船船替死来的接吻；

他们摸着了岸就比到了天堂：
顾不得险，顾不得潮，
一耸身就落了地
（梦里的青蛙惊起，）
踹烂了六朝的青草，
燕子矶的嶙峋都变成了康庄！

干什么来了，这“大无畏”的精神
算是好男子不怕死？——
为一个人的荒唐，
为几块钱的奖赏，
闯进了魔鬼的圈子，
贡献了身体，
在乌龙山下变粪？

看他们今儿个做俘虏的光荣！
身上脸上全挂着彩，
眉眼糊成了玫瑰，
口鼻裂成了山水，
脑袋顶着朵大牡丹，
在夫子庙前，在秦淮河边寻梦！

九月四日

（写于1927年9月4日）

此诗原投《现代评论》，刊出后编辑先生来信，说他擅主割去了末了一段，因为有了那一段诗意即成了“反革命”，剪了那一段则是“绝妙的一首革命诗”，因而为报也为作者，他决意割去了那条不革命的尾巴！我原稿就只那一份，割去那一段我也记不起，重做也不愿意，要删又有朋友不让，所以就让它照这“残样”站着吧。

志摩

我不知道风

是在
哪一个方向
吹

我不知道风
是在哪一个方向吹——
我是在梦中，
在梦的轻波里依洄。

我不知道风
是在哪一个方向吹——
我是在梦中，
她的温存，我的迷醉。

我不知道风
是在哪一个方向吹——
我是在梦中，

甜美是梦里的光辉。

我不知道风
是在哪一个方向吹——
我是在梦中，
她的负心，我的伤悲。

我不知道风
是在哪一个方向吹——
我是在梦中，
在梦的悲哀里心碎！

我不知道风
是在哪一个方向吹——
我是在梦中，
黯淡是梦里的光辉。

（写于1928年年初）

哈代

哈代，厌世的，不爱活的，
这回再不用怨言，
一个黑影蒙住他的眼？
去了，他再不露脸。

八十八年不是容易过，
老头活该他的受，
扛着一肩思想的重负，
早晚都不得放手。

为什么放着甜的不尝，
暖和的座儿不坐，

偏挑那阴凄的调儿唱，
辣味儿辣得口破。

他是天生那老骨头僵，
一对眼拖着看人，
他看着了谁谁就遭殃，
你不用跟他讲情！

他就爱把世界剖着瞧，
是玫瑰也给拆坏；
他没有那画眉的纤巧。
他有夜鸮的古怪！

古怪，他争的就只一点——
一点灵魂的自由，
也不是成心跟谁翻脸，
认真就得认个透。

他可不是没有他的爱——
他爱真诚，爱慈悲：
人生就说是一场梦幻，
也不能没有安慰。

这日子你怪得他惆怅，
怪得他话里有刺：
他说乐观是“死尸脸上
抹着粉，搽着胭脂！”

这不是完全放弃希冀，
宇宙还得往下延，
但如果前途还有生机，
思想先不能随便。

为维护这思想的尊严，
诗人他不敢怠惰，
高擎着理想，睁大着眼，
抉剔人生的错误。

现在他去了，再不说话，
（你听这四野的静，）
你爱忘了他就忘了他
（天吊明哲的凋零！）

旧历元旦

（写于1928年年初）

秋虫

秋虫，你为什么来？
人间早不是旧时候的清闲；
这青草，这白露，也是呆：
再也没有用，这些诗材！
黄金才是人们的新宠，
她占了白天，又霸住梦！
爱情：像白天里的星星，
她早就回避，早没了影。
天黑它们也不得回来，
半空里永远有乌云盖。
还有廉耻也告了长假，
他躺在沙漠地里住家；
花尽着开可结不成果，
思想被主义奸污得苦！

你别说这日子过得闷，
晦气脸的还在后面跟！
这一半也是灵魂的懒，
他爱躲在园子里种菜，
“不管，”他说：“听他往下丑——
变猪，变蛆，变蛤蟆，变狗……
过天太阳羞得遮了脸，
月亮残阙了再不肯圆，
到那天人道真灭了种，
我再来打——打革命的钟！”

一九二七年秋

（1928年3月10日《新月》第1卷第1号）

生活

阴沉，黑暗，毒蛇似的蜿蜒，
生活逼成了一条甬道：
一度陷入，你只可向前，
手扪索着冷壁的黏潮。

在妖魔的脏腑内挣扎，
头顶不见一线的天光，
这魂魄，在恐怖的压迫下，
除了消灭更有什么愿望？

五月二十九日

（写于1928年5月29日）

西窗

一

这西窗
这不知趣的西窗放进
四月天时下午三点钟的阳光、
一条条直的斜的羼躺在我的床上；

放进一团捣乱的风片
搂住了难免处女羞的花窗帘，
呵她痒，腰弯里，脖子上，
羞得她直飏在半空里，刮破了脸；

放进下面走道上洗被单
衬衣大小毛巾的胰子味，

厨房里饭焦鱼腥蒜苗是腐乳的沁芳南[1]
还有弄堂里的人声比狗叫更显得松脆。

二

当然不知趣也不止是这西窗，
但这西窗是够顽皮的，
它何尝不知道这是人们打中觉的好时光！
拿一件衣服，不，拿这条绣外国花的毛毯
堵死了它，给闷死了它：
耶稣死了我们也好睡觉！
直着身子，不好，弯着来；

学一只卖弄风骚的大龙虾，
在清浅的水滩上引诱水波的荡意！
对呀，叫迷离的梦意像浪丝似的
爬上你的胡须，你的衣袖，你的呼吸……

你对着你脚上又新破了一个大窟窿的袜子发愣或是
忙着送灵巧的手指到神秘的胳肢窝搔痒——可不
是搔痒的时候
你的思想不见得会长上那拿把不住的大翅膀：

[1] 沁芳南，symphony，现通译为交响乐。

谢谢天，这是烟士披里纯[1]来到的刹那间
因为有窟窿的破袜是绝对的理性，
胳肢窝里虱类的痒是不可怀疑的实在。

三

香炉里的烟，远山上的雾，人的贪嗔和心机；
经络里的风湿，话里的刺，笑脸上的毒，
谁说这宇宙这人生不够富丽的？

你看那市场上的盘算，比那矗着大烟筒
走大洋海的船的肚子里的机轮更来得复杂，
血管里疙瘩着几两几钱，几钱几两，
脑子里也不知哪来这许多尖嘴的耗子爷？

还有那些比柱石更重实的大人们，他们也有他们的
盘算；
他们手指间夹着的雪茄虽则也冒着一卷卷成云彩的
烟，
但更曲折，更奥妙，更像长虫的翻戏，
是他们心里的算计，怎样到意大利喀辣辣矿山里去
搬运一个大石座来站他一个足够与灵龟比赛的年岁，

---

[1] 烟士披里纯，英文 inspiration（灵感）的音译。

何况还有波斯兵的长枪，匈奴的暗箭……

再有从上帝的创造里单独创造出来曾向农商部呈请
创造专利的文学先生们，这是个奇迹的奇迹，
正如狐狸精对着月光吞吐她的命珠，
他们也是在月光勾引潮汐时学得他们的职业秘密。
青年的血，尤其是滚沸过的心血，是可口的：——
他们借用普罗列塔里亚[1]的瓢匙在彼此请呀请的舀着
喝。
他们将来铜像的地位一定望得见朱温张献忠的。

绣着大红花的俄罗斯毛毯方才拿来蒙住西窗的也不
知怎的滑溜了下来，不容做梦人继续他的冒险，
但这些滑腻的梦意钻软了我的心
像春雨的细脚踹软了道上的春泥。
西窗还是不挡着的好，虽则弄堂里的人声有时比狗
叫更显得松脆。
这是谁说的："拿手擦擦你的嘴，
这人间世在洪荒中不住的转，
像老妇人在空地里捡可以当柴烧的材料？"

（1928 年 6 月 10 日《新月》第 1 卷第 4 号）

[1] 普罗列塔利亚，英文 proletariat（无产阶级）的音译。

深夜

深夜里，街角上，
梦一般的灯芒。

烟雾迷裹着树！
怪得人错走了路？

“你害苦了我——冤家！
她哭，他——不答话。

晓风轻摇着树尖：
掉了，早秋的红艳。

伦敦旅次 九月

（写于1928年9月）

枉然

你枉然用手锁着我的手，
女人，用口噙住我的口，
枉然用鲜血注入我的心，
火烫的泪珠见证你的真；

迟了！你再不能叫死的复活，
从灰土里唤起原来的神奇：
纵然上帝怜念你的过错，
他也不能拿爱再交给你！

（写于 1928 年 11 月 1 日）

怨得

怨得这相逢；
谁作的主？——风！

也就一半句话，
露水润了枯芽。

黑暗——放一箭光；
飞蛾：他受了伤。

偶然，真是的。
惆怅？喔何必！

伦敦旅次　九月

（写于 1928 年 9 月）

在
不知名的
道旁
（印度）

什么无名的苦痛，悲悼的新鲜，
什么压迫，什么冤屈，什么烧烫
你体肤的伤，妇人，使你蒙着脸
在这昏夜，在这不知名的道旁，
任凭过往人停步，讶异的看你，
你只是不作声，黑绵绵的坐地？

还有蹲在你身旁悚动的一堆，
一双小黑眼闪荡着异样的光，
像暗云天偶露的星晞，她是谁？
疑惧在她脸上，可怜的小羔羊，
她怎知道人生的严重，夜的黑，
她怎能明白运命的无情，惨刻？

聚了，又散了，过往人们的讶异。
刹那的同情也许；但他们不能
为你停留，妇人，你与你的儿女；
伴着你的孤单，只昏夜的阴沉，
与黑暗里的萤光，飞来你身旁，
来照亮那小黑眼闪荡的星芒！

（写于 1928 年 10 月 31 日）

再别

康桥

轻轻的我走了，
正如我轻轻的来；
我轻轻的招手，
作别西天的云彩。

那河畔的金柳，
是夕阳中的新娘；
波光里的艳影，
在我的心头荡漾。

软泥上的青荇，
油油的在水底招摇；
在康河的柔波里，
我甘心做一条水草！

那榆荫下的一潭，
不是清泉，是天上虹，
揉碎在浮藻间，
沉淀着彩虹似的梦。

寻梦？撑一支长篙，
向青草更青处漫溯，
满载一船星辉，
在星辉斑斓里放歌。

但我不能放歌，
悄悄是别离的笙箫；
夏虫也为我沉默，
沉默是今晚的康桥！

悄悄的我走了，
正如我悄悄的来；
我挥一挥衣袖，
不带走一片云彩。

十一月六日中国海上

（写于 1928 年 11 月 6 日）

拜献

山，我不赞美你的壮健，
海，我不歌咏你的阔大，
风波，我颂扬你威力的无边；
但那在雪地里挣扎的小草花，
路旁冥盲中无告的孤寡，
烧死在沙漠里想归去的雏燕，——
给他们，给宇宙间一切无名的不幸，
我拜献，拜献我胸胁间的热，

管里的血，灵性里的光明；

我的诗歌——在歌声嘹亮的一俄顷，

天外的云彩为你们织造快乐，

起一座虹桥，

指点着永恒的逍遥，

在嘹亮的歌声里消纳了无穷的苦厄！

（1929年2月10日《新月》第2卷第12号）

春

的

投生

昨晚上，

再前一晚也是的，

在雷雨的猖狂中

春

投生入残冬的尸体。

不觉得脚下的松软，

耳鬓间的温驯吗？

树枝上浮着青，

潭里的水漾成无限的缠绵；

再有你我肢体上

胸膛间的异样的跳动；

桃花早已开上你的脸，
我在更敏锐的消受
你的媚，吞咽
你的连珠的笑；
你不觉得我的手臂
更迫切的要求你的腰身，
我的呼吸投射到你的身上
如同万千的飞萤投向光焰？

这些，还有别的许多说不尽的，
和着鸟雀们的热情的回荡，
都在手携手的赞美着
春的投生。

二月二十八日

（写于1929年2月28日）

杜鹃

杜鹃，多情的鸟，他终宵唱：
在夏荫深处，仰望着流云，
飞蛾似围绕亮月的明灯，
星光疏散如海滨的渔火，
甜美的夜在露湛里休憩，
他唱，他唱一声“割麦插禾”——
农夫们在天放晓时惊起。

多情的鹃鸟，他终宵声诉，
是怨，是慕，他心头满是爱，
满是苦，化成缠绵的新歌，
柔情在静夜的怀中颤动；
他唱，口滴着鲜血，斑斑的，
染红露盈盈的草尖，晨光
轻摇着园林的迷梦；他叫，
他叫，他叫一声："我爱哥哥！"

（写于 1929 年 4 月）

活该

活该你早不来！
热情已变死灰。

提什么已往？——
骷髅的磷光！

将来？——各走各的道，
长庚管不着“黄昏晓”。

爱是痴，恨也是傻；
谁点得清恒河的沙？

不论你梦有多么圆，
周围是黑暗没有边。

比是消散了的诗意，
趁早掩埋你的旧忆。

这苦脸也不用装，
到头儿总是个忘！

得！我就再亲你一口：
热热的！去，再不许停留。

（写于 1929 年 7 月 31 日）

我

等候
你

我等候你。
我望着户外的昏黄
如同望着将来，
我的心震盲了我的听。
你怎还不来？希望
在每一秒钟上允许开花。
我守候着你的步履，
你的笑语，你的脸，
你的柔软的发丝，
守候着你的一切；
希望在每一秒钟上
枯死——你在哪里？
我要你，要得我心里生痛，
我要你的火焰似的笑，

要你的灵活的腰身，
你的发上眼角的飞星；
我陷落在迷醉的氛围中，
像一座岛，
在蟒绿的海涛间，不自主的在浮沉……
喔，我迫切的想望
你的来临，想望
那一朵神奇的优昙
开上时间的顶尖！
你为什么不来，忍心的？
你明知道，我知道你知道，
你这不来于我是致命的一击，
打死我生命中乍放的阳春，
教坚实如矿里的铁的黑暗，
压迫我的思想与呼吸；
打死可怜的希冀的嫩芽，
把我，囚犯似的，交付给
妒与愁苦，生的羞惭
与绝望的惨酷。
这也许是痴。竟许是痴。
我信我确然是痴；
但我不能转拨一支已然定向的舵，
万方的风息都不容许我犹豫——

我不能回头，运命驱策着我！
我也知道这多半是走向
毁灭的路；但
为了你，为了你
我什么也都甘愿；
这不仅我的热情，
我的仅有的理性亦如此说。
痴！想磔碎一个生命的纤微
为要感动一个女人的心！
想博得的，能博得的，至多是
她的一滴泪，
她的一阵心酸，
竟许一半声漠然的冷笑；
但我也甘愿，即使
我粉身的消息传到
她的心里如同传给
一块顽石，她把我看作
一只地穴里的鼠，一条虫，
我还是甘愿！
痴到了真，是无条件的，
上帝他也无法调回一个
痴定了的心，如同一个将军
有时调回已上死线的士兵。

枉然，一切都是枉然，
你的不来是不容否认的实在，
虽则我心里烧着泼旺的火，
饥渴着你的一切，
你的发，你的笑，你的手脚；
任何的痴想与祈祷
不能缩短一小寸
你我间的距离！
户外的昏黄已然
凝聚成夜的乌黑，
树枝上挂着冰雪，
鸟雀们典去了它们的啁啾，
沉默是这一致穿孝的宇宙。
钟上的针不断的比着
玄妙的手势，像是指点，
像是同情，像是嘲讽，
每一次到点的打动，我听来是
我自己的心的
活埋的丧钟。

（1929年10月10日《新月》第3卷第8号）

季候

一

他俩初起的日子，

像春风吹着春花。

花对风说：我要，

风不回话：他给！

二

但春花早变了泥。

春风也不知去向。

她怨，说天时太冷；

“不久就冻冰。”他说。

（1930年2月10日《新月》第2卷第12号）

黄鹂

一掠颜色飞上了树，
“看，一只黄鹂！”有人说。
翘着尾尖，它不作声，
艳异照亮了浓密——
像是春光，火焰，像是热情。

等候它唱，我们静着望，
怕惊了它。但它一展翅，
冲破浓密，化一朵彩云；
它飞了，不见了，没了——
像是春光，火焰，像是热情。

（1930年2月10日《新月》第2卷第12号）

车眺

一

我不能不赞美
这向晚的五月天；
怀抱着云和树
那些玲珑的水田。

二

白云穿掠着晴空，
像仙岛上的白燕！
晚霞正照着它们，
白羽镶上了金边。

三

背着轻快的晚凉，
牛，放了工，呆着做梦；

孩童们在一边蹲，
想上牛背，美，逞英雄！

四
在绵密的树荫下，
有流水，有白石的桥，
桥洞下早来了黑夜，
流水里有星在闪耀。

五
绿是豆畦，阴是桑树林，
幽郁是溪水傍的草丛，
静是这黄昏时的田景，
但你听，草虫们的飞动！

六
月亮在昏黄里上妆，
太阳心慌的向天边跑；
他怕见她，他怕她见，——
怕她见笑一脸的红糟！

（1930年3月10日《新月》第3卷第1号）

卑微，卑微，卑微；
风在吹
无抵抗的残苇；

枯槁它的形容，
心已空，
音调如何吹弄？

卑微

它在向风祈祷：

“忍心好，

将我一拳推倒；

“也是一宗解化——

本无家，

任飘泊到天涯！”

（1930年10月10日《新月》第3卷第8号）

秋月

一样是月色，
今晚上的，因为我们都在抬头看——
看它，一轮腴满的妩媚，
从乌黑得如同暴徒一般的
云堆里升起——
看得格外的亮，分外的圆。
它展开在道路上，
它飘闪在水面上，
它沉浸在
水草盘结得如同忧愁般的水底；
它睥睨在古城的雉堞上，
万千的城砖在它的清亮中呼吸，
它抚摸着
错落在城厢外内的墓墟，

在宿鸟的断续的呼声里，
想见新旧的鬼，
也和我们似的相依偎的站着，
眼珠放着光，
咀嚼着彻骨的阴凉：
银色的缠绵的诗情
如同水面的星磷，
在露盈盈的空中飞舞。
听那四野的吟声——
永恒的卑微的谐和，
悲哀糅合着欢畅，
怨仇与恩爱，
晦冥交抱着火电，
在这复绝的秋夜与秋野的
苍茫中，
“解化”的伟大
在一切纤微的深处
展开了
婴儿的微笑！

十月中

（写于1930年10月中旬）

山中

庭院是一片静，
听市谣围抱；
织成一片松影——
看当头月好！

不知今夜山中
是何等光景；
想也有月，有松，
有更深的静。

我想攀附月色，
化一阵清风，
吹醒群松春醉，
去山中浮动；

吹下一针新碧，
掉在你窗前；
轻柔如同叹息——
不惊你安眠！

（写于1931年4月1日）

残破

一

深深的在深夜里坐着：
当窗有一团不圆的光亮，
风挟着灰土，在大街上
小巷里奔跑：
我要在枯秃的笔尖上袅出
一种残破的残破的音调，
为要抒写我的残破的思潮。

二

深深的在深夜里坐着：
生尖角的夜凉在窗缝里
妒忌屋内残余的暖气，
也不饶恕我的肢体：
但我要用我半干的墨水描成

一些残破的残破的花样，
因为残破，残破是我的思想。

三

深深的在深夜里坐着，
左右是一些丑怪的鬼影：
焦枯的落魄的树木
在冰沉沉的河沿叫喊，
比着绝望的姿势，
正如我要在残破的意识里
重兴起一个残破的天地。

四

深深的在深夜里坐着，
闭上眼回望到过去的云烟：
啊，她还是一枝冷艳的白莲，
斜靠着晓风，万种的玲珑；
但我不是阳光，也不是露水，
我有的只是些残破的呼吸，
如同封锁在壁椽间的群鼠，
追逐着，追求着黑暗与虚无！

（1930年4月《现代学生》第1卷第6期）

两个

月亮

我望见有两个月亮：
一般的样，不同的相。

一个这时正在天上，
披敞着雀毛的衣裳；
她不吝惜她的恩情，
满地全是她的金银。
她不忘故宫的琉璃，
三海间有她的清丽。
她跳出云头，跳上树，
又躲进新绿的藤萝。
她那样玲珑，那样美，
水底的鱼儿也得醉！
但她有一点子不好，

她老爱向瘦小里耗；
有时满天只见星点，
没了那迷人的圆脸，
虽则到时候照样回来，
但这份相思有些难挨！

还有那个你看不见，
虽则不提有多么艳！
她也有她醉涡的笑，
还有转动时的灵妙；
说慷慨她也从不让人，
可惜你望不到我的园林！
可贵是她无边的法力，
常把我灵波向高里提：

我最爱那银涛的汹涌，
浪花里有音乐的银钟；
就那些马尾似的白沫，
也比得珠宝经过雕琢。
一轮完美的明月，
又况是永不残缺！
只要我闭上这一双眼，
她就婷婷的升上了天！

四月二日月圆深夜

（写于 1931 年 4 月 2 日）

车上

这一车上有各等的年岁，各色的人：
有出须的，有奶孩，有青年，有商，有兵；
也各有各的姿态：傍着的，躺着的，
张眼的，闭眼的，向窗外黑暗望着的。

车轮在铁轨上辗出重复的繁响，
天上没有星点，一路不见一些灯亮
只有车灯的幽辉照出旅客们的脸，
他们老的少的，一致声诉旅程的疲倦。

这时候忽然从最幽暗的一角发出
歌声；像是山泉，像是晓鸟，蜜甜，清越，
又像是荒漠里点起了通天的明燎，
它那正直的金焰投射到遥远的山坳。

她是一个小孩，欢欣摇开了她的歌喉；
在这冥盲的旅程上，在这昏黄时候，
像是奔发的山泉，像是狂欢的晓鸟，
她唱，直唱得一车上满是音乐的幽妙。

旅客们一个又一个的表示着惊异，
渐渐每一个脸上来了有光辉的惊喜：
买卖的，军差的，老辈，少年，都是一样，
那吃奶的婴儿，也把他的小眼开张。

她唱，直唱得旅途上到处点上光亮，
层云里翻出玲珑的月和斗大的星，
花朵，灯彩似的，在枝头竞赛着新样，
那细弱的草根也在摇曳轻快的青萤！

（写于 1931 年 4 月 7 日）

泰山

山！

你的阔大的巉岩，

像是绝海的惊涛，

忽地飞来，

凌空，

不动，

在沉默的承受

日月与云霞拥戴的光豪；

更有万千星斗

错落

在你的胸怀，

诉说

隐奥，

蕴藏在

岩石的核心与崔嵬的天外！

（1931 年 7 月《新月》第 3 卷第 9 号）

给——

我记不得维也纳，

除了你，阿丽思[1]；

我想不起佛兰克府[2]，

除了你，桃乐斯[3]；

尼司[4]，佛洛伦司[5]，巴黎，

也都没有意味，

要不是你们的艳丽，——

玫思，麦蒂特，腊妹，

翩翩的，盈盈的，

[1] 阿丽斯，Alice Meynell，现通译艾丽丝·梅内尔夫人(1847—1922)，英国女诗人、散文作家。

[2] 佛兰克府，现通译法兰克福，德国著名城市。

[3] 桃乐斯，Dorothy Wordsworth，通译为多萝西·华兹华斯，英国女作家，英国浪漫主义诗人威廉·华兹华斯的妹妹。

[4] 尼司，Nice，现通译为尼斯，地中海沿岸法国南部城市，著名旅游胜地。

[5] 佛落伦司，现通译为佛罗伦萨，意大利著名城市。

孜孜的，婷婷的，
照亮着我记忆的幽黑，
像冬夜的明星，
像暑夜的游萤，——
怎教我不倾颓！
怎教我不迷醉！

（写于 1931 年 8 月之前）

渺小

我仰望群山的苍老，
他们不说一句话。
阳光描出我的渺小，
小草在我的脚下。

我一人停步在路隅，
倾听空谷的松籁；
青天里有白云盘踞——
转眼间忽又不在。

（1931 年 1 月 10 日《新月》第 3 卷第 10 号）

阔的

海

阔的海空的天我不需要，
我也不想放一只巨大的纸鹞
上天去捉弄四面八方的风；
我只要一分钟
我只要一点光
我只要一条缝，——
像一个小孩爬伏
在一间暗屋的窗前
望着西天边不死的一条
缝，一点
光，一分
钟。

（1931 年 8 月上海新月书店《猛虎集》）

他 眼里有你

我攀登了万仞的高冈，
荆棘扎烂了我的衣裳，
我向飘渺的云天外望——
上帝，我望不见你！

我向坚厚的地壳里掏，
捣毁了蛇龙们的老巢，
在无底的深潭里我叫——
上帝，我听不到你！

我在道旁见一个小孩：
活泼、秀丽、褴褛的衣衫；
他叫声妈，眼里亮着爱——
上帝，他眼里有你！

十一月二日星家坡

（写于1928年11月2日）

第四辑

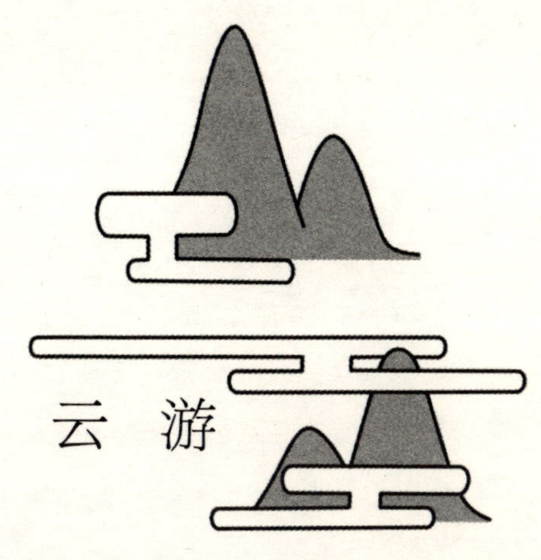

云游

一九三〇年

春

霹雳的一声笑，
从云空直透到地，
刮它的脸扎它的心，
说：“醒罢，老睡着干么？”
……
……

（写于1930年春）

那天你走近一道小溪，
我说："我抱你过去，"你说："不；"
"那我总得搀你，"你又说："不。"
"你先过去，"你说，"这水多丽！"

鲤跳

"我愿意做一尾鱼，一支草，
在风光里长，在风光里睡，
收拾起烦恼，再不用流泪：
现在看！我这锦鲤似的跳！"

一闪光艳，你已纵过了水；
脚点地时那轻，一身的笑，
像柳丝，腰哪在俏丽的摇；
水波里满是鲤鳞的霞绮！

七月九日

（写于1930年7月9日）

爱

的
灵感

——奉适之

下面这些诗行好歹是他撩拨出来的，正如这十年来大多数的诗行好歹是他撩拨出来的！

不妨事了，你先坐着罢。
这阵子可不轻，我当是
已经完了，已经整个的
脱离了这世界，飘渺的，
不知到了哪儿：仿佛有
一朵莲花似的云拥着我，
（她脸上浮着莲花似的笑）
拥着到远极了的地方去……
唉，我真不希罕再回来，
人说解脱，那许就是罢！
我就像是一朵云，一朵

纯白的，纯白的云，一点
不见分量，阳光抱着我，
我就是光，轻灵的一球，
往远处飞，往更远处飞；
什么累赘，一切的烦愁，
恩情，痛苦，怨，全都远了；
就是你——请你给我口水，
是橙子吧，上口甜着哪——
就是你，你是我的谁呀！
就你也不知哪里去了：
就有也不过是晓光里
一发的青山，一缕游丝，
一翳微妙的晕；说至多
也不过如此，你再要多
我那朵云也不能承载，
你，你得原谅，我的冤家！……
不碍，我不累，你让我说，
我只要你睁着眼，就这样，
叫哀怜与同情，不说爱，
在你的泪水里开着花，
我陶醉着它们的幽香；
在你我这最后，怕是吧，
一次的会面，许我放娇，

容许我完全占定了你，
就这一晌，让你的热情，
像阳光照着一流幽涧，
透澈我的凄冷的意识；
你手把住我的，正这样，
你看你的壮健，我的衰，
容许我感受你的温暖，
感受你在我血液里流，
鼓动我将次停歇的心，
留下一个不死的印痕：
这是我唯一，唯一的祈求……
好，我再喝一口，美极了，
多谢你。现在你听我说。
但我说什么呢？到今天，
一切事都已到了尽头，
我只等待死，等待黑暗，
我还能见到你，偎着你，
真像情人似的说着话，
因为我够不上说那个，
你的温柔春风似的围绕，
这于我是意外的幸福，
我只有感谢，（她合上眼。）
什么话都是多余，因为

话只能说明能说明的，
更深的意义，更大的真，
朋友，你只能在我的眼里，
在枯干的泪伤的眼里认取。
我是个平常的人，
我不能盼望在人海里
值得你一转眼的注意。
你是天风：每一个浪花
一定得感到你的力量，
从它的心里激出变化，
每一根小草也一定得
在你的踪迹下低头，在
绿的颤动中表示惊异；
但谁能止限风的前程，
他横掠过海，作一声吼，
狮虎似的扫荡着田野，
当前是冥茫的无穷，他
如何能想起曾经呼吸
到浪的一花，草的一瓣？
遥远是你我间的距离；
远，太远！假如一只夜蝶
有一天得能飞出天外，
在星的烈焰里去变灰

（我常自己想）那我也许
有希望接近你的时间。
唉，痴心，女子是有痴心的，
你不能不信罢？有时候
我自己也觉得真奇怪，
心窝里的牢结是谁给
打上的？为什么打不开？
那一天我初次望到你，
你闪亮得如同一颗星，
我只是人丛中的一点，
一撮沙土，但一望到你，
我就感到异样的震动，
猛袭到我生命的全部，
真像是风中的一朵花，
我内心摇晃得像昏晕，
脸上感到一阵的火烧，
我觉得幸福，一道神异的
光亮在我的眼前扫过，
我又觉得悲哀，我想哭，
纷乱占据了我的灵府。
但我当时一点不明白，
不知这就是陷入了爱！
“陷入了爱”，真是的！前缘，

孽债，不知到底是什么？
但从此我再没有平安，
是中了毒，是受了催眠，
教运命的铁链给锁住，
我再不能踌躇：我爱你！
从此起，我的一瓣瓣的
思想都染着你，在醒时，
在梦里，想躲也躲不去，
我抬头望，蓝天里有你，
我开口唱，悠扬里有你，
我要遗忘，我向远处跑，
另走一道，又碰到了你！
枉然是理智的殷勤，因为
我不是盲目，我只是痴！
但我爱你，我不是自私。
爱你，但永不能接近你。
爱你，但从不要享受你。
即使你来到我的身边，
我许向你望，但你不能
丝毫觉察到我的秘密。
我不妒忌，不艳羡，因为
我知道你永远是我的，
它不能脱离我正如我

不能躲避你，别人的爱
我不知道，也无须知晓，
我的是我自己的造作，
正如那林叶在无形中
收取早晚的霞光，我也
在无形中收取了你的。
我可以，我是准备，到死
不露一句，因为我不必。
死，我是早已望见了的。
那天爱的结打上我的
心头，我就望见死，那个
美丽的永恒的世界；死，
我甘愿的投向，因为它
是光明与自由的诞生。
从此我轻视我的躯体，
更不计较今世的浮荣，
我只企望着更绵延的
时间来收容我的呼吸，
灿烂的星做我的眼睛，
我的发丝，那般的晶莹，
是纷披在天外的云霞，
博大的风在我的腋下
胸前眉宇间盘旋，波涛

冲洗我的胫踝，每一个
激荡涌出光艳的神明！
再有电火做我的思想，
天边掣起蛇龙的交舞，
雷震我的声音，蓦地里
叫醒了春，叫醒了生命。
无可思量，呵，无可比况，
这爱的灵感，爱的力量！
正如旭日的威棱扫荡
田野的迷雾，爱的来临
也不容平凡，卑琐以及
一切的庸俗侵占心灵，
它那原来清爽的平阳。
我不说死吗？更不畏惧，
再没有疑虑，再不吝惜
这躯体如同一个财虏，
我勇猛的用我的时光。
用我的时光，我说？天哪，
这多少年是亏我过的！
没有朋友，离背了家乡，
我投到那寂寞的荒城，
在老农中间学做老农，
穿着大布，脚蹬着草鞋，

栽青的桑，栽白的木棉，
在天不曾放亮时起身，
手揽着泥，头戴着炎阳，
我做工，满身浸透了汗
一颗热心抵挡着劳倦；
但渐次的我感到趣味，
收拾一把草如同珍宝，
在泥水里照见我的脸，
涂着泥，在坦白的云影
前不露一些羞愧！自然
是我的享受；我爱秋林，
我爱晚风的吹动，我爱
枯苇在晚凉中的颤动，
半残的红叶飘摇到地，
鸦影侵入斜日的光圈；
更可爱是远寺的钟声
交换村舍的炊烟共做
静穆的黄昏！我做完工，
我慢步的归去，冥茫中
有飞虫在交哄，在天上
有星，我心中亦有光明！
到晚上我点上一支蜡，
在红焰的摇曳中照出

板壁上唯一的画像，
独立在旷野里的耶稣，
（因为我没有你的除了
悬在我心里的那一幅，）
到夜深静定时我下跪，
望着画像做我的祈祷，
有时我也唱，低声的唱，
发放我的热烈的情愫
缕缕青烟似的上通到天。
但有谁听到，有谁哀冷？
你踞坐在荣名的顶巅，
有千万人迎着你鼓掌，
我，陪伴我有冷，有黑夜，
我流着泪，独跪在床前！
一年，又一年，再过一年，
新月望到圆，圆望到残，
寒雁排成了字，又分散，
鲜艳长上我手栽的树，
又叫一阵风给刮做灰。
我认识了季候，星月与
黑夜的神秘，太阳的威；
我认识了地土，它能把
一颗子培成美的神奇，

我也认识一切的生存，
爬虫，飞鸟，河边的小草，
再有乡人们的生趣，我
也认识，他们的单纯与
真，我都认识。
跟着认识
是愉快，是爱，再不畏虑
孤寂的侵凌。那三年间
虽则我的肌肤变成粗，
焦黑熏上脸，剥坼刻上
手脚，我心头只有感谢：
因为照亮我的途径有
爱，那盏神灵的灯，再有
穷苦给我精力，推着我
向前，使我怡然的承当
更大的穷苦，更多的险。
你奇怪吧，我有那能耐？
不可思量是爱的灵感！
我听说古时间有一个
孝女，她为救她的父亲
胆敢上犯君王的天威，
那是纯爱的驱使我信。
我又听说法国中古时

有一个乡女子叫贞德，
她有一天忽然脱去了
她的村服，丢了她的羊，
穿上戎装盒着刀，带领
十万兵，高叫一声“杀贼”
就冲破了敌人的重围，
救全了国，那也一定是
爱！因为只有爱能给人
不可理解的英勇和胆；
只有爱能使人睁开眼，
认识真，认识价值；只有
爱能使人全神的奋发，
向前闯，为了一个目标，
忘了火是能烧，水能淹。
正如没有光热这地上
就没有生命，要不是爱，
那精神的光热的根源，
一切光明的惊人的事
也就不能有。
啊，我懂得！
我说“我懂得”我不惭愧：
因为天知道我这几年，
独自一个柔弱的女子，

投身到灾荒的地域去，
走千百里巉岈的路程，
自身挨着饿冻的惨酷
以及一切不可名状的
苦处说来够写几部书，
是为了什么？为了什么
我把每一个老年灾民
不问他是老人是老妇，
当作生身父母一样看，
每一个儿女当作自身
骨血，即使不能给他们
救度，至少也要吹几口
同情的热气到他们的
脸上，叫他们从我的手
感到一个完全在爱的
纯净中生活着的同类？
为了什么我甘愿哺啜
在平时乞丐都不屑的
饮食，吞咽腐朽与肮脏
如同可口的膏粱；甘愿
在尸体的恶臭能醉倒
人的村落里工作如同
发见了什么珍异？为了

什么？就为“我懂得”，朋友，
你信不？我不说，也不能
说，因为我心里有一个
不可能的爱所以发放
满怀的热到另一方向
也许我即使不知爱也
能同样做，谁知道，但我
总得感谢你，因为从你
我获得生命的意识和
在我内心光亮的点上，
又从意识的沉潜引渡
到一种灵界的莹澈，又
从此产生智慧的微芒
与无穷尽的精神的勇。
啊，假如你能想象我在
灾地时一个夜的看守！
一样的天，一样的星空，
我独自在旷野里或在
桥梁边或在剩有几簇
残花的藤蔓的村篱边
仰望，那时天际每一个
光亮都为我生着意义，
我饮咽它们的美如同

音乐，奇妙的韵味通流
到内脏与百骸，坦然的
我承受这天赐不觉得
虚怯与羞惭，因我知道
不为己的劳作虽不免
疲乏体肤，但它能拂拭
我们的灵窍如同琉璃，
利便天光无碍的通行。
我话说远了不是？但我
已然诉说到我最后的
回目，你纵使疲倦也得
听到底，因为别的机会
再不会来。你看我的脸
烧红得如同石榴的花，
这是生命最后的光焰，
多谢你不时的把甜水
浸润我的咽喉，要不然
我一定早叫喘息窒死。
你的“懂得”是我的快乐。
我的时刻是可数的了，
我不能不赶快！
我方才
说过我怎样学农，怎样

到灾荒的魔窟中去伸
一只柔弱的奋斗的手。
我也说过我灵的安乐
对满天星斗不生内疚。
但我终究是人是软弱，
不久我的身体得了病，
风雨的毒浸入了纤微，
酿成了猖狂的热。我哥
将我从昏盲中带回家，
我奇怪那一次还不死，
也许因为还有一种罪
我必得在人间受。他们
叫我嫁人，我不能推托。
我或许要反抗假如我
对你的爱是次一等的，
但因我的既不是时空
所能衡量，我即不计较
分秒间的短长，我做了
新娘，我还做了娘，虽则
天不许我的骨血存留。
这几年来我是个木偶，
一堆任凭摆布的泥土；
虽则有时也想到你，但

这想到是正如我想到
西天的明霞或一朵花，
不更少也不更多。同时
病，一再的回复，销蚀了
我的躯壳，我早准备死，
怀抱一个美丽的秘密，
将永恒的光明交付给
无涯的幽冥。我如果有
一个母亲我也许不忍
不让她知道，但她早已
死去，我更没有沾恋；我
每次想到这一点便忍
不住微笑漾上了口角。
我想我死去再将我的
秘密化成仁慈的风雨，
化成指点希望的长虹，
化成石上的苔藓，葱翠
淹没它们的冥顽，化成
黑暗中翅膀的舞，化成
农时的鸟歌；化成水面
锦绣的文章；化成波涛，
永远宣扬宇宙的灵通；
化成月的惨绿在每个

睡孩的梦上添深颜色；
化成系星间的妙乐……
最后的转变是未料的，
天叫我不遂理想的心愿，
又叫在热谵中漏泄了
我的怀内的珠光！但我
再也不梦想你竟能来，
血肉的你与血肉的我
竟能在我临去的俄顷
陶然的相偎倚，我说，你
听，你听，我说。真是奇怪，
这人生的聚散！
现在我
真，真可以死了，我要你
这样抱着我直到我去，
直到我的眼再不睁开，
直到我飞，飞，飞去太空，
散成沙，散成光，散成风，
啊苦痛，但苦痛是短的，
是暂时的；快乐是长的，
爱是不死的：
我，我要睡……

（写于 1930 年 12 月 25 日）

别拧我，

疼

“别拧我，疼，”……
你说，微锁着眉心。
那“疼”，一个精圆的半吐，
在舌尖上溜——转。

一双眼也在说话，
睛光里漾起
心泉的秘密。

梦
洒开了
轻纱的网。

“你在哪里？”
“让我们死，”你说。

（写于 1931 年年初）

雁儿们

雁儿们在云空里飞，
看她们的翅膀，
看她们的翅膀，
有时候纡回，
有时候匆忙。

雁儿们在云空里飞，
晚霞在她们身上，
晚霞在她们身上，
有时候银辉，
有时候金芒。

雁儿们在云空里飞，
听她们的歌唱！

听她们的歌唱！
有时候伤悲，
有时候欢畅。

雁儿们在云空里飞，
为什么翱翔？
为什么翱翔？
她们少不少旅伴？
她们有没有家乡？

雁儿们在云空里彷徨，
天地就快昏黑！
天地就快昏黑！
前途再没有天光，
孩子们往哪儿飞？

天地在昏黑里安睡，
昏黑迷住了山林，
昏黑催眠了海水；
这时候有谁在倾听
昏黑里泛起的伤悲。

（写于 1931 年 7 月）

火车

擒住
轨

火车擒住轨，在黑夜里奔：
过山，过水，过陈死人的坟；

过桥，听钢骨牛喘似的叫，
过荒野，过门户破烂的庙；

过池塘，群蛙在黑水里打鼓，
过噤口的村庄，不见一粒火；

过冰清的小站，上下没有客，
月台袒露着肚子，像是罪恶。

这时车的呻吟惊醒了天上
三两个星，躲在云缝里张望：

那是干什么的，他们在疑问，
大凉夜不歇着，直闹又是哼；

长虫似的一条，呼吸是火焰，
一死儿往暗里闯，不顾危险，

就凭那精窄的两道，算是轨，
驮着这份重，梦一般的累坠。

累坠！那些奇异的善良的人，
放平了心安睡，把他们不论；

俊的村的命全盘交给了它，
不论爬的是高山还是低洼，

不问深林里有怪鸟在诅咒，
天象的辉煌全对着毁灭走；

只图眼前过得，裂大嘴打呼，
明儿车一到，抢了皮包走路！

这态度也不错，愁没有个底；
你我在天空，那天也不休息，

睁大了眼，什么事都看分明，
但自己又何尝能支使运命？

说什么光明，智慧永恒的美，
彼此同是在一条线上受罪；

就差你我的寿数比他们强，
这玩意反正是一片糊涂账。

（写于1931年7月19日）

你去

你去，我也走，我们在此分手；
你上那一条大路，你放心走，
你看那街灯一直亮到天边，
你只消跟从这光明的直线！
你先走，我站在此地望着你，
放轻些脚步，别教灰土扬起，
我要认清你的远去的身影，
直到距离使我认你不分明。
再不然我就叫响你的名字，
不断的提醒你有我在这里，
为消解荒街与深晚的荒凉，
目送你归去……
不，我自有主张，
你不必为我忧虑；你走大路，

我进这条小巷，你看那棵树，
高抵着天，我走到那边转弯，
再过去是一片荒野凌乱：
有深潭，有浅洼，半亮着止水，
在夜芒中像是纷披的眼泪；
有石块，有钩刺胫踝的蔓草，
在期待过路人疏神时绊倒！
但你不必焦心，我有的是胆，
凶险的途程不能使我心寒。
等你走远了，我就大步向前，
这荒野有的是夜露的清鲜；
也不愁愁云深裹，但须风动，
云海里便波涌星斗的流汞；
更何况永远照彻我的心底，
有那颗不夜的明珠，我爱你！

（写于 1931 年 8 月）

云游

那天你翩翩的在空际云游，
自在，轻盈，你本不想停留
在天的哪方或地的哪角，
你的愉快是无拦阻的逍遥。

你更不经意在卑微的地面
有一流涧水，虽则你的明艳
在过路时点染了他的空灵，
使他惊醒，将你的倩影抱紧。

他抱紧的只是绵密的忧愁，
因为美不能在风光中静止；
他要，你已飞渡万重的山头，
去更阔大的湖海投射影子！

他在为你消瘦，那一流涧水，
在无能的盼望，盼望你飞回！

（1931 年 8 月上海新月书店《猛虎集》）

领罪

这也许是个最好的时刻。
不是静。听对面园里的鸟，
从杜鹃到麻雀，已在叫晓。
我也再不能抵抗我的困，
它压着我像霜压着树根；
断片的梦已在我的眼前
飘拂，像在晓风中的树尖。
也不是有什么非常的事，
逼着我决定一个否与是。
但我非得留着我的清醒，
用手推着黑甜乡的诱引：
因为，这是我唯一的机会，
自己到自己跟前来领罪。
领罪，我说不是罪是什么？
这日子过得有什么话说！

（写于1931年秋）

难忘

这日子——从天亮到昏黄，
虽则有时花般的阳光，
从郊外的麦田，
半空中的飞燕，
照亮到我劳倦的眼前，
给我刹那间的舒爽，
我还是不能忘——
不忘旧时的积累，
也不分是恼是愁是悔，

在心头，在思潮的起伏间，
像是迷雾，像是诅咒的凶险：
它们包围，它们缠绕，
它们狞露着牙，它们咬，
它们烈火般的煎熬，
它们伸拓着巨灵的掌，
把所有的忻快拦挡……

（写于 1931 年秋）

在

病中

我是在病中，这恹恹的倦卧，
看窗外云天，听木叶在风中……
是鸟语吗？院中有阳光暖和，
一地的衰草，墙上爬着藤萝，
有三五斑猩的，苍的，在颤动。
一半天也成泥……
城外，啊西山！
太辜负了，今年，翠微的秋容！
那山中的明月，有弯，也有环；
黄昏时谁在听白杨的哀怨？

谁在寒风里赏归鸟的群喧？
有谁上山去漫步，静悄悄的，
在落叶林中捡三两瓣菩提？
有谁去佛殿上披拂着尘封，
在夜色里辨认金碧的神容？

这病中心情：一瞬瞬的回忆，
如同天空，在碧水潭中过路，
透映在水纹间斑驳的云翳；
又如阴影闪过虚白的墙隅，
瞥见时似有，转眼又复消散；
又如缕缕炊烟，才袅袅，又断……
又如暮天里不成字的寒雁，
飞远、更远；化入远山、化作烟！
又如在暑夜看飞星，一道光
碧银银的抹过，更不许端详。
又如兰蕊的清芬偶尔飘过，
谁能留住这没影踪的婀娜？
又如远寺的钟声，随风吹送，
在春宵，轻摇你半残的春梦！

二十（一九三一）年五月续成七年前残稿

（1931 年 10 月 5 日《诗刊》第 3 期）

第五辑

集外集

挽

李翰人

李长吉赴召玉楼，立功立德，
有志未成，年少遽醒蝴蝶梦；
屈灵均魂报砥室，某水某邱，
欲归不得，夜深怕听杜鹃啼。

（此为挽联，写于1914年4月）

草上

的
露珠儿

草上的露珠儿
颗颗是透明的水晶球，
新归来的燕儿
在旧巢里呢喃个不休；

诗人哟！可不是春至人间
还不放开你
创造的喷泉，
嗤嗤！吐不尽南山北山的璠瑜，
洒不完东海西海的琼珠，
融和琴瑟箫笙的音韵，
饮餐星辰日月的光明！
诗人哟！可不是春在人间，

还不开放你
创造的喷泉!

这一声霹雳
震破了漫天的云雾,
显焕的旭日
又升临在黄金的宝座;

柔软的南风
吹皱了大海慷慨的面容,
洁白的海鸥
上穿云下没波自在优游;

诗人哟!可不是趁航时候,

还不准备你
歌吟的渔舟！
看哟！那白浪里
金翅的海鲤
白嫩的长鲵，
虾须和螯脐！
快哟！一头撒网一头放钩，
收！收！
你父母妻儿亲戚朋友
享定了希世的珍馐。
诗人哟！可不是趁航时候，
还不准备你
歌吟的渔舟！

诗人哟！
你是时代精神的先觉者哟！
你是思想艺术的集成者哟！
你是人天之际的创造者哟！

你资材是河海风云，
鸟兽花草神鬼蝇蚊，
一言以蔽之：天文地文人文；

你的洪炉是“印曼桀乃欣”[1]，
永生的火焰“烟士披里纯”，
炼制着诗化美化灿烂的鸿钧；

你是高高在上的云雀天鹨，
纵横四海不问今古春秋，
散布着希世的音乐锦绣；

你是精神困穷的慈善翁，
你展览真善美的万丈虹，
你居住在真生命的最高峰。

（写于 1921 年 11 月 23 日）

[1] 即曼桀乃欣，英语 imagination 的音译，现通译为想象力。

月夜

听琴

是谁家的歌声，
和悲缓的琴音，
星茫下，松影间，
有我独步静听。

音波，颤震的音波，
穿破昏夜的凄清，
幽冥，草尖的鲜露，
动荡了我的灵府。

我听，我听，我听出了
琴情，歌者的深心。
枝头的宿鸟休惊，
我们已心心相印。

休道她的芳心忍，
她为你也曾吞声，
休道她淡漠，冰心里
满蕴着热恋的火星。

记否她临别的神情，
满眼的温柔和酸辛，
你握着她颤动的手——
一把恋爱的神经！

记否你临别的心境，
冰流沦彻你全身，
满腔的抑郁，一海的泪，
可怜不自由的魂灵？

松林中的风声哟！
休扰我同情的倾诉；
人海中能有几次
恋潮淹没我的心滨？

那边光明的秋月，
已经脱卸了云衣，
仿佛喜声地笑道：
“恋爱是人类的生机！

我多情的伴侣哟！
我羡你蜜甜的爱唇，
却不道黄昏和琴音
联就了你我的神交！

（1922年写于英国）

春

康河右岸皆学院，左岸牧场之背，榆荫密覆，大道纡回，一望葱翠，春尤浓郁，但闻虫声鸟语，校舍寺塔掩映林巅，真胜处也。迩来草长日丽，时有情耦隐卧草中，密话风流。我常往复其间，辄成左作。

河水在夕阳里缓流，
暮霞胶抹树干树头；
蚱蜢飞，蚱蜢戏吻草光光，
我在春草里看看走走。

蚱蜢匐伏在铁花胸前，
铁花羞得不住的摇头，
草里忽伸出只藕嫩的手，
将孟浪的跳虫拦腰紧搂。

金花菜，银花菜，星星澜澜，
点缀着天然温暖的青毡，
青毡上青年的情耦，
情意胶胶，情话啾啾。

我点头微笑，南向前走，
观赏这青透春透的园囿，
树尽交柯，草也骈偶，
到处是缱绻，是绸缪。

雀儿在人前猥盼亵语，
人在草处心欢面赧，
我羡他们的双双对对，
有谁羡我孤独的徘徊？

孤独的徘徊！
我心须何尝不热奋震颤，
答应这青春的呼唤，
燃点着希望灿灿，
春呀！你在我怀抱中也！

（1922 年写于英国）

梦游

埃及

龙舟画桨
地中海海乐悠扬；
浪涛的中心
有丑怪奋斗汹张；

一轮漆黑的明月。
滚入了青面的太阳——
青面白发的太阳；
太阳又奔赴涛心，将海怪
浇成奇伟的偶像；

大海化成了大漠；
开佛伦王的石像
危峙在天地中央；

张口把太阳吃了
遍体发骇人的光亮；
巨万的黄人黑人白人
蠕伏在浪涛汹涌的地面；
金刚般的勇士
大倘步走上了人堆；

人堆里啾啾的怪响
不知是悲切是欢畅；
勇士的金盔金甲
闪闪亮亮
烨烨生火；

顷刻大火燔燔，火焰里有个
伟丈夫端坐；
像菩萨，
像葛德，

像柏拉图，
坐镇在勇士们头颅砌成的
莲台宝座；

一阵骇人的金电，——
这人宝塔又变形为
大漠里清静静地
一座三角金字塔：
一个个金字，都是
放焰的龙珠；
塔像一只高背的骆驼，
驮着个不长不短的
人魔——他睁着怪眼大喊道：——
“奴隶的人间，可曾看出
此中的消息呀？”

（1922 年写于英国）

“两尼姑”或“强修行”

一

门前几行竹，
后园树荫毵，
墙苔斑驳日影迟，
清妙静淑白岩庵。

庵里何人居？
修道有女师：
大师正中年，
小师甫二十。

大师昔为大家妇，
夫死誓节作道姑，

小师祝发心悲切，
字郎不幸音尘绝。

彼此同怜运不济，
持斋奉佛山隈里；
花开花落春来去，
庵堂里尽日念阿弥。

佛堂庄洁供大士，
大士微笑手拈花，
春慵画静风日眠，
木鱼声里悟禅机。

禅机悟未得，
凡心犹兀兀；
大师未忘人间世，
小师情孽正放花。

情孽放花不自知，
芳心苦闷说无词；
可怜一对笼中鸟，
尽日呢喃尽日悲。

长尼多方自譬解，
人间春色亦烟花；
筵席大小终须散，
出家岂有再还家。

二

繁星天，明月夜，
春花茂，秋草败，
燕双栖，子规啼，
蝶恋花，蜂收蕊——
自然风色最恼人，
出家人对此浑如醉。

门前竹影疏，
后圃树荫绵，
蒲团氤氲里，
有客来翩翩。

客来慕山色，
随喜偶问庵，
小师出应门，
腮颊起红痕。

红痕印颊亦印心，
小女自此懒讽经；
佛缘，
尘缘——
两不可相兼；
枯寂，
生命——
弱俗抑率真？

神气顿恍惚，
清泪湿枕衾，
幼尼亦不言，
长尼亦不问。

三

竹影当婆娑，
树影犹掩映。
如何白岩庵，
不见修行人？

佛堂佛座尽灰积，
拈花大士亦蒙尘，
子规空啼月，
蜘网布庵门。

疏林发凉风，
荒圃有余薪。
鸦闹斜阳里，
似笑强修行！

（1922 年写于英国）

威尼市[1]

我站在桥上，
这甜熟的黄昏，
远处来的箫声和琴音——点儿、线儿，
圆形、方形、长形，
尽是灿烂的黄金，
倾泻在波涟里，
澄蓝而凝匀。
歌声，游艇，
灯烛的辉莹，
梦寐似生，
——细缊——
幻景似消泯，
在流水的胸前——

[1] 威尼市，今通译威尼斯，意大利东部城市，有“水城”之誉。

鲜妍，绻缱——
流，流，
流入沉沉的黄昏。

我灵魂的弦琴，
感受了无形的冲动，
怔忡，惺忪，
悄悄地吟弄，
一支红朵蜡[1]的新曲，
出咽的香浓；
但这微妙的心琴哟，
有谁领略，
有谁能听！

（1922年写于英国）

[1] 红朵蜡，gondola，一种凤尾船，常见于意大利威尼斯运河。此处指船夫。

沙士顿

重游随笔

一

许久不见了，满田的青草黄花！
你们在风前点头微笑，仿佛说彼此无恙。
今春雨少，你们的面容着实清癯；
我一年来也无非是烦恼踉跄；
见否我白发骈添，眉峰的愁痕未隐？
你们是需要雨露，人间只缺少同情。——
青年不受恋爱的滋润，比如春阳霖雨，照洒沙碛永远不得收成。
但你们还有众多的伴侣；
在“大母”慈爱的胸前，和晨风软语，听晨星骈唱，
每天农夫赶他牛车经过，谈论村前村后的新闻，
有时还有美发罗裙的女郎，来对你们声诉她遭逢的薄幸。

至于我的灵魂，只是常在他囚羁中忧伤岑寂；
他仿佛是“衣司业尔”彷徨的圣羊。

二

许久不见了，最仁善公允的阳光！
你们现正斜倚在这残破的墙上，
牵动了我不尽的回忆，无限的凄怆。
我从前每晚散步的欢怀，
总少不了你殷勤的照顾。
你吸起人间畅快和悦的心潮，
有似明月钩引湖海的夜汐；
就此荏苒临逝的回光，不但完成一天的功绩
并且预告晴好的清晨，吩咐勤作的农人，安度良宵。
这满地零乱的栗花，都像在你仁荫里欢舞。
对面楼窗口无告的老翁，
也在饱啜你和煦的同情：
他皱缩昏花的老眼，似告诉人说：
都亏这养老棚朝西，容我每晚享用暮景的温存：
这是天父给我不用求讨的慰藉。

三

许久不见了，和悦的旧邻居！
那位白须白发的先生，正在趁晚凉将水浇菜，
老夫人穿着蓝布的长裙，站在园篱边微笑。
一年过得容易，
那篱畔的苹花，已经落地成泥！
这些色香两绝的玫瑰的种畤在八十老人跟前，
好比艳眼的少艾，独倚在虬松古柏的中间，
他们笑着对我说结婚已经五十三年，
今年十月里预备金婚；
来到此村三十九年，老夫人从不曾半日离家，
每天五时起工作，眠食时刻，四十年如一日；
莫有儿女，彼此如形影相随，
但管门前花草后园蔬果，
从不问村中事情，更不晓世上有春秋，
老夫人拿出他新制的杨梅酱来请我尝味，
因为去年我们在时吃过，曾经赞好。

四

那灰色墙边的自来井前，上面盖着栗树的浓荫，残花还不时地堕落，
站着位十八的郎，
他发上络住一支藤黄色的梳子，衬托着一大股蓬松的褐色细麻，
转过头来见了我，微微一笑，
脂红的唇缝里，漏出了一声有意无意的“你好！”

五

那边半尺多厚干草，铺顶的低屋前，
依旧站着一年前整天在此的一位褴褛老翁，
他曲着背将身子承住在一根黑色杖上，
后脑仅存几茎白发，和着他有音节的咳嗽，上下颤动。
我走过他跟前，照例说了晚安，
他抬起头向我端详，
一时口角的皱纹，齐向下颌紧叠，
吐露些不易辨认的声响，接着几声干涸的咳嗽。
我瞥见他右眼红腐，像烂桃颜色（并不可怕），
一张绝扁的口，挂着一线口涎。
我心里想阿弥陀佛，这才是老贫病的三角同盟。

六

两条牛并肩在街心里走来，

卖弄他们最庄严的步法。

沉着迟重的蹄声，轻撼了晚村的静默。

一个赤腿的小孩，一手扳着门枢，

一手的指甲腌在口里，

瞪着眼看牛尾的撩拂。

七

一个穿制服的人，向我行礼，

原来是从前替我们送信的邮差，

他依旧穿黑呢红边的制衣，背着皮袋，手里握着一叠信。

只见他这家进，那家出，有几家人在门外等他，

他捱户过去，继续说他的晚安，只管对门牌投信，

他上午中午下午一共巡行三次，每次都是刻板的面目；

雨天风天，晴天雪天，春天冬天，

他总是循行他制定的责务；

他似乎不知道他是这全村多少喜怒悲欢的中介者；

他像是不可防御的运命自身。

有人张着笑口迎他，

有人听得他的足音，便惶恐震栗；

但他自来自去，总是不变的态度。

他好比双手满抓着各式情绪的种子，向心田里四撒；

这家的笑声，那边的幽泣；

全村顿时增加的脉搏心跳，歔欷叹息，

都是他盲目工程的结果，

他哪里知道人间最大的消息，

都曾在他褴旧的皮袋里住过，

在他干黄的手指里经过——

可爱可怖的邮差呀！

（1922 年春写于英国）

人种

由来

一

夏娃：“你是亚当吗，上帝
创造我来伴你的。
你从今后再不怕
荒凉，再不愁孤寂。
让我摸摸你的脸，
口边蓬蓬像树藓，
你喉头有个桃核，
你肌肉好多强健；
但是你胸前不如
我又嫩又软又肥——
我们原来两样的，

我又希奇又欢喜。”
亚当：“你的声音很好听，
你的手怪招痒的，
你初来人地生疏，
等我慢慢指导你，
昨晚我在睡梦里，
上帝从我变出你；
你的肉是我的肉，
你我原来是一体，
不过我男你是女。”
夏娃：“我叫你夫你叫我妻，
千年万年不分离！
我觉得心头狂跳，
方才一阵清风过，
吹来树上鲜果味，
我想去——”
亚当：“谨记上帝的吩咐；
伊塍园[1]里鲜果富，
樱桃梅李都可采，
独禁‘知识树’上果，
你须牢记在心头，

[1] 伊塍园，今通译为伊甸园，《圣经》中人类的始祖亚当和夏娃最初居住的地方。在《圣经》的原文中，伊甸园含有乐园的意思。

若然犯禁死无处。
如今我去折桑麻，
你在此地喂鸡鹅。”

二

蛇：“夏娃！”
夏娃：“谁呀！”
蛇：“原来你不认识我，
我是伊塍的圣蛇，
通天达地晓人事，
宇宙秘密无不知，
亚当是个蠢东西，
——嘻嘻！”
夏娃：“什么叫做‘嘻嘻’呢？”
蛇：“等我好好教导你。
嘻嘻是个笑声气；
我笑亚当泰腐气，
一心皈依信上帝。
伊塍园里最珍奇，
莫如‘知识树’上果；
你若偷采吃一枝，
宇宙密库顿开锁；

你的双眼会开放，

见红见紫见星光；

还有种种消息好，

吃了药儿便知晓——

嘻嘻！”

夏娃：“嘻嘻，多谢你，蛇儿，

是去采果儿吃也！”

三

亚当：“夏娃，替我搔搔背，

我有好东西给你。”

夏娃：“你有什么好东西，

蛇儿笑你泰腐气。”

亚当：“蛇儿专出坏主意，

千万不可轻信伊。

我给你个桑乌都[1]，

甜里带酸很有味。”

夏娃：“乌都算什么东西，

我的苹果才希奇；

今晚临睡吃下去，

明早张眼见天地！”

---

[1] 桑乌都，江浙一带的方言，又名桑葚，一种味甜多汁的水果。

四

夏娃：“亚当！我见亮光了！
好一个美妙天地！
赶快睁开你眼皮，
你我准备见面礼！”
亚当：“你的疯话我不信，
哪有眼皮会开闭——
咳奇怪！果真两眼
有些发痒酸齑齑；
夏娃！夏娃！真希奇，
果然是光亮天地！”
夏娃：“不成！慢点儿过来。
你我原来是裸体！
不好了！快躲起来，
那边来的是上帝！”

（1922 年写于英国）

悲观

一

青草地，
牛吃草，
摇头掉尾，
天上的青云白云
卷来卷去。

二

登山头，
望城里。
只见黑沉沉的屋顶
鳞次栉比，

街道上尘烟里，

生灵挤挤。

三

教堂前，

钟声里，

白衣的牧师

和黑裙黑披的老妇女，

聚复散，散复聚。

四

歌舞场，

繁华地，

白的红的，黑的绿的，

高冠长裙，笑语依稀。

五

庙堂中，

柴堆里，

几块破烂的木头，

当年受香烟礼拜的偶像，

面目未朽，未朽！

六

战场上，

濠沟里，

枪炮倒在败草间，

到处残破的房屋，

肢体，血痕缕缕。

七

天灾国，

饥荒地，

草尽木稀，

小儿不啼，

黑灰色的空气。

八

心死国，

人荒境，

有影无形，

有声无气，

深谷里的子规，

见月不啼。

九

噫！

噫！

十

幻象破，

上帝死，

半夜梦醒睡已尽，

但这黑昏昏，阴森森

鬼棱棱……

十一

这心头

压着全世界的重量，咳！全宇宙

这精神的宇宙

这宇宙的宇宙，

都是空，空，空，……

十二

休！

休！

（约 1922 年写于英国）

无儿

夜色
溟漾，
野鸽
在巢中，
窸窣，
翀毳，
蓬松。
这鸽儿的抖动，
恍似
小孩的嫩掌——
嫩又丰——
扪胸，
可爱的逗痒
茸茸；

“鸽儿呀！
休动休动，
我心忡忡，
我泪溶溶，
鸽儿呀，
休动休动，
无儿的我，
忍不住伤痛。”

（1922年写于英国）

青年

杂咏

一

青年!
你为什么沉湎于悲哀?
你为什么耽乐于悲哀?
你不幸为今世的青年,
你的天是沉碧奈何天;
你筑起了一座水晶宫殿,
在“眸冷骨累”(melancholy)[1] 的河水边。
河流流不尽骨累眸冷,
还夹着些些残枝断梗,
一声声失群雁的悲鸣,
水晶宫朝朝暮暮反映——

[1] “眸冷骨累”是英文 melancholy(忧郁)的音译。

映出悲哀，飘零，眸子吟，
无聊，宇宙，灰色的人生，
你独生在宫中，青年呀，
霉朽了你冠上的黄金！

二

青年！
你为什么迟徊于梦境？
你为什么迷恋于梦境？
你幸而为今世的青年，
你的心是自由梦魂心，
你抛弃你尘秽的头巾，
解脱你肮脏的外内衿，
露出赤条条的洁白身，
跃入缥缈的梦潮清冷，
浪势奔腾，侧眼波罅里，
看朝彩晚霞，满天的星，——
梦里的光景，模糊，绵延，
却又分明；梦魂，不愿醒，
为这大自在的无终始，
任凭长鲸吞噬，亦甘心。

三

青年！

你为什么醉心于革命，

你为什么牺牲于革命？

黄河之水来自昆仑巅，

泛流华族支离之遗骸，

挟黄沙莽莽，沉郁音响，

苍凉，惨如鬼哭满中原！

华族之遗骸！浪花荡处

尚可认伦常礼教，祖先，

神主之断片，——君不见

两岸遗孽，枉戴着忠冠、

孝辫、抱缺守残，泪眼看

风云暗淡，“道丧”的人间！

运也！这狂澜，有谁能挽，

问谁能挽精神之狂澜？

（1922年春写于英国）

夏日田间

即景

（近沙士顿）[1]

柳林青青，
南风熏熏，
幻成奇峰瑶岛，
一天的黄云白云，
那边麦浪中间，
有农妇笑语殷殷。

笑语殷殷——
问后园豌豆肥否，
问杨梅可有鸟来偷；
好几天不下雨了，

[1] 沙士顿，Sawston，今译索斯顿，英国剑桥郡的一个市。徐志摩与其妻张幼仪曾居住于此。

玫瑰花还未曾红透；
梅夫人今天进城去，
且看她有新闻无有。

笑语殷殷——
我们家的如今好了，
已经照常上工去，
不再整天无聊。
不再逞酒使气，
回家来有说有笑，
疼他儿女——爱他妻；
呀！真巧！你看那边，
蓬着头，走来的，笑嘻嘻，
可不是他，（哈哈！）满身是泥！

南风熏熏，
草木青青，
满地和暖的阳光，
满天的白云黄云，
那边麦浪中间，
有农夫农妇，笑语殷殷。

（写于1922年4月30日）

听

瓦格纳

乐剧[1]

是神权还是魔力，
搓揉着雷霆霹雳，
暴风、广漠的怒号，
绝海里骇浪惊涛；

地心的火窖咆哮，
回荡，狮虎似狂嗥，
仿佛是海裂天崩，
星陨日烂的朕兆；

[1] 原诗名为《听槐格讷(Wagner)乐剧》。槐格讷(Wagner)，Wilhelm Richard Wagner，今通译成威廉·理查德·瓦格纳(1813—1883)。德国著名作曲家。

忽然静了；只剩有
松林附近，乌云里
漏下的微嘘，拂扭
村前的酒帘青旗；

可怖的伟大凄静
万壑层岩的雪景，
偶尔有冻鸟横空，
摇曳零落的悲鸣；

悲鸣，胡笳的幽引，
雾结冰封的无垠，
隐隐有马蹄铁甲
篷帐悉索的荒音；

荒音，洪变的先声，
鼍鼓金钲暮荡怒，
霎时间万马奔腾，
酣斗里血流虎虎；

是泼牢米修佗司 (Prometheus)[1]
的反叛，抗天拯人
的奋斗，高加山前
鸷鹰刳胸的创呻；

是恋情，悲情，惨情，
是欢心，苦心，赤心；
是弥漫，普遍，神幻，
消金灭圣的性爱；

[1] 泼牢米修佗司(Prometheus)，今通译普罗米修斯，古希腊神话中的一个神祇。传说他从奥林匹斯盗火给人类，因而受到宙斯的惩罚，被锁在高加索山上的悬崖上，每天被一只鹰吃去他的肝，而他的肝每天又重新长出来。

是艺术家的幽骚，
是天壤间的烦恼，
是人类千年万年
郁积未吐的无聊；

这沉郁酝酿的牢骚，
这猖獗圣洁的恋爱，
这悲天悯人的精神，
贯透了艺术的天才。

性灵，愤怒，慷慨，悲哀，
管弦运化，金革调合，
创制了无双的乐剧，
革音革心的槐格讷！

五月二十五日

（1922 年 5 月 25 日写于英国）

情死 [1]

玫瑰，压倒群芳的红玫瑰，昨夜的雷雨，原来是你发出的信号，——真娇贵的丽质！

你的颜色，是我视觉的醇醪；我想走近你，但我又不敢。

青年！几滴白露在你额上，在晨光中吐艳。

你颊上的笑容，定是天上带来的；可惜世界太庸俗，不能供给他们常住的机会。

你的美是你的运命！

我走近来了；你迷醉的色香又征服了一个灵魂——我是你的俘虏！

你在那里微笑！我在这里发抖。

你已经登了生命的峰极。你向你足下望——一个无底的深潭！

你站在潭边，我站在你的背后，——我，你的俘虏。

[1] 原诗名为《情死(Liebstch)》。徐志摩在创作这首诗时，从瓦格纳的歌剧《禁恋》(DasLiehesverbotoder Die Novize von Palermo)中汲取了灵感。

我在这里微笑！你在那里发抖。

丽质是命运的命运。

我已经将你禽捉在手内——我爱你，玫瑰！

色、香、肉体、灵魂、美、迷力——尽在我掌握之中。

我在这里发抖，你——笑。

玫瑰！我顾不得你玉碎香销，我爱你！

花瓣、花萼、花蕊、花刺、你，我，——多么痛快啊！——尽胶结在一起；一片狼藉的猩红，两手模糊的鲜血。

玫瑰！我爱你！

（写于1922年6月）

笑解

烦恼结

（送幼仪）

一

这烦恼结，是谁家扭得水尖儿难透？
这千缕万缕烦恼结是谁家忍心机织？
这结里多少泪痕血迹，应化沉碧！
忠孝节义——咳，忠孝节义谢你维系
四千年史髅不绝，
却不过把人道灵魂磨成粉屑，
黄海不潮，昆仑叹息，
四万万生灵，心死神灭，中原鬼泣！
咳，忠孝节义！

二

东方晓，到底明复出，
如今这盘糊涂账，
如何清结？

三

莫焦急，万事在人为，只消耐心
共解烦恼结。
虽严密，是结，总有丝缕可觅，
莫怨手指儿酸、眼珠儿倦，
可不是抬头已见，快努力！

四

如何！毕竟解散，烦恼难结，烦恼苦结。
来，如今放开容颜喜笑，握手相劳；
此去清风白日，自由道风景好。
听身后一片声欢，争道解散了结儿。
消除了烦恼！

（作于 1922 年 6 月）

夜

一

夜，无所不包的夜，我颂美你！

夜，现在万象都像乳饱了的婴孩，在你大母温柔的怀抱中眠熟。

一天只是紧叠的乌云，像野外一座帐篷，静悄悄的，静悄悄的；

河面只闪着些纤微，软弱的辉芒，桥边的长梗水草，黑沉沉的像几条烂醉的鲜鱼横浮在水上，任凭惫懒的柳条，在他们的肩尾边撩拂；

对岸的牧场，屏围着墨青色的榆荫，阴森森的，像一座巉空的古墓；那边树背光芒，又是什么呢？

我在这沉静的境界中徘徊，在凝神地倾听……听不出青林的夜乐，听不出康河的梦呓，听不出鸟翅的飞声；

我却在这静谧中，听出宇宙进行的声息，黑夜的脉搏与呼吸，听出无数的梦魂的匆忙踪迹；

也听出我自己的幻想，感受了神秘的冲动，在豁动他久敛的羽翮，准备飞出他沉闷的巢居，飞出这沉寂的环境，

去寻访

黑夜的奇观，去寻访更玄奥的秘密——

听呀！他已经沙沙的飞出云外去了！

二

一座大海的边沿，黑夜将慈母似的胸怀，紧贴住安息的万象；

波澜也只是睡意，只是懒懒向空疏的沙滩上洗淹，像一个小沙弥在瞌睡地撞他的夜钟，只是一片模糊的声响。

那边岩石的面前，直竖着一个伟大的黑影——是人吗？

一头的长发，散披在肩上，在微风中颤动；

他的两臂，瘦的，长的，向着无限的天空举着，——

他似在祷告，又似在悲泣——

是呀，悲泣——

海浪还只在慢沉沉的推送——

看呀，那不是他的一滴眼泪？

一颗明星似的眼泪，掉落在空疏的海砂上，落在倦懒的浪头上，落在睡海的心窝上，落在黑夜的脚边——一颗

明星似的眼泪！

一颗神灵，有力的眼泪，仿佛是发酵的酒娘，作炸的引火，霹雳的电子；

他唤醒了海，唤醒了天，唤醒了黑夜，唤醒了浪涛——真伟大的革命——

霎时地扯开了满天的云幕，化散了迟重的雾气。

纯碧的天中，复现出一轮团圆的明月，

一阵威武的西风，猛扫着大海的琴弦，开始，神伟的音乐。

海见了月光的笑容，听了大风的呼啸，也像初醒的狮虎，摇摆咆哮起来——

霎时地浩大的声响，霎时地普遍的猖狂！

夜呀！你曾经见过几滴那明星似的眼泪？

三

到了二十世纪的不夜城。

夜呀，这是你的叛逆，这是恶俗文明的广告，无耻、淫猥、残暴、肮脏——表面却是一致的辉耀，看，这边是跳舞会的尾声，

那边是夜宴的收梢，那厢高楼上一个肥狠的犹大，正在奸污他钱掳的新娘；

那边街道的转角上，有两个强人，擒住一个过客，一手用刀割断他的喉管，一手掏他的钱包；

那边酒店的门外，麇聚着一群醉鬼，蹒跚地在秽语，狂歌，音似钝刀刮锅底——

幻想更不忍观望，赶快的掉转翅膀，向清净境界飞去。

飞过了海，飞过了山，也飞回了一百多年的光阴——

他到了“湖滨诗侣”的故乡[1]。

多明净的夜色！只淡淡的星辉在湖胸上舞旋，三四个草虫叫夜；

四围的山峰都把宽广的身影，寄宿在葛濑士迷亚[2]柔软的湖心，沉酣的睡熟；

那边“乳鸽山庄”放射出几缕油灯的稀光，斜偻在庄前的荆篱上；

听呀，那不是，罪翁[3]吟诗的清音——

The poets who on earth have made us heirs
Of truth and pure delight by heavenly lays!
Oh! might my name be numberd among theirs,
Then glady would end my mortal days![4]

---

[1] “湖滨诗侣”的故乡，即英国西北部的昆布兰湖区。英国早期浪漫主义的代表是湖畔派诗人，主要人物有华兹华斯、科勒律治和骚塞，他们共同反对古典主义传统，歌颂大自然。三人曾一同隐居在昆布兰湖区，先后居住在格拉斯米尔和文德美尔两个湖畔。

[2] 葛濑士迷亚，即前注中所说的格拉斯米尔湖（Lake Grassmere），位于新西兰的布兰尼姆以南 40 公里处。

[3] 罪翁，指英国浪漫派诗人华兹华斯。

[4] 这段诗是华兹华斯的作品 Persona 的结尾部分。

诗人解释大自然的精神，

美妙与诗歌的欢乐，苏解人间爱困！

无羡富贵，但求为此高尚的诗歌者之一人，

便撒手长瞑，我已不负吾生。

我便无憾地辞尘埃，返归无垠。

他音虽不亮，然韵节流畅，证见旷达的情怀，一个个的音符，都变成了活动的火星，从窗棂里点飞出来！飞入天空，仿佛一串鸢灯，凭彻青云，下照流波，余音洒洒的惊起了林里的栖禽，放歌称叹。

接着清脆的嗓音，又不是他妹妹桃绿水 (Dorothy)[1] 的？呀，原来新染烟癖的高柳列奇 (Coleridge)[2] 也在他家作客，三入围坐在那间湫隘的客室里，壁炉前烤火炉里烧着他们早上在园里亲劈的栗柴，在必拍的作响，铁架上的水壶也已经滚沸，嗤嗤有声：

To sit without emotion, hope, or aim,

In the loved presence of my cottage-fire,

And listen to the flapping of the flame,

[1] 桃绿水 (Dorothy)，即华兹华斯的妹妹多萝西·华兹华斯，在《给——》一诗中又被称作“桃乐斯”。

[2] 高柳列奇 (Coleridge)，Samuel Taylor Coleridge，现通译塞缪尔·穆勒·柯勒律治 (1772—1834)，英国著名浪漫主义诗人，与华兹华斯、多萝西俱为好友。曾吸食鸦片成瘾。

Or kettle whispering its faint undersong,[1]

坐处在可爱的将息炉火之前，

无情绪的兴奋、无冀、无筹营，

听，但听火焰，飚摇的微喧，

听水壶的沸响，自然的乐音。

夜呀，像这样人间难得的纪念，你保存了多少……

四

他又离了诗侣的山庄，飞出了湖滨，重复逆溯着汹涌的时潮，到了几百年前海岱儿堡 (Heidelberg)[2] 的一个跳舞盛会。

雄伟的赭色宫堡[3]，一体沉浸在满目的银涛中，山下的尼波河 (Nubes)[4] 在悄悄的进行。

堡内只是舞过闹酒的欢声，那位海量的侏儒今晚已喝到第六十三瓶啤酒，嚷着要吃那大厨里烧烤的全牛，引得满庭假发粉面的男客、长裙如云的女宾，哄堂的大笑。

在笑声里幻想又溜回了不知几十世纪的一个昏夜——

[1] 这段是同样来自华兹华斯的作品 Persona。

[2] 岱儿堡 (Heidelberg)，现通译海德堡，德国著名旅游文化之都。

[3] 赭色宫堡，疑即海德堡城堡。海德堡城堡坐落于王座山上，为红褐色古城堡，是选帝侯宫邸的遗志。

[4] 尼波河 (Nubes)，即内卡河，德语名为 Neckar，莱茵珂右岸支流，在德国西南部。海德堡就坐落于内卡河畔。

眼前只见烽烟四起，巴南苏斯的群山，点成一座照彻云天大火屏，
远远听得呼声，古朴壮硕的呼声——
“阿加孟龙[1]打破了屈次奄[2]，夺回了海伦，现在凯旋回雅典了，希腊的人民呀，大家快来欢呼呀！——
——阿加孟龙，王中的王！”
这呼声又将我幻想的双翼，吹回更不知无量数的世纪，到了一个更古的黑夜，一座大山洞的跟前；
一群男女，老的、少的、腰围兽皮或树叶的原民，蹲踞在一堆柴火跟前，在煨烤大块的兽肉。猛烈地腾窜的火花，照出他们强固的躯体，黝黑多毛的肌肤——
这是人类文明的摇荡时期。
夜呀，你是我们的老乳娘！

五

最后飞出了气围，飞出了时空的关塞。
当前是宇宙的大观！
几百万个太阳，大的小的，红的黄的，放花竹似的在无极中激震，旋转——
但人类的地球呢？

---

[1] 阿加孟龙，现通译阿伽门农，希腊神话中的迈锡尼王。因其弟弟墨涅拉奥斯的妻子海伦被特洛伊王子帕里斯诱走，起兵攻打特洛伊，经十年而胜。
[2] 屈次奄，现通译特洛伊。

一海的星砂，却向哪里找去，
不好，他的归路迷了？
夜呀，你在哪里？
光明，你又在哪里？

六

“不要怕，前面有我。”一个声音说。

“你是谁呀？”

“不必问，跟着我来不会错的。我是宇宙的枢纽，我是光明的泉源，我是神圣的冲动，我是生命的生命，我是诗魂的向导；不要多心，跟我来不会错的。”

“我不认识你。”

“你已经认识我！在我的眼前，太阳、草木、星、月、介壳、鸟兽、各类的人、虫豸，都是同胞，他们都是从我取得生命，都受我的爱护，我是太阳的太阳，永生的火焰；
你只要听我指导，不必猜疑，我叫你上山，你不要怕险；
我教你入水，你不要怕淹；我教你蹈火，你不要怕烧；
我叫你跟我走，你不要问我是谁；
我不在这里，也不在那里，但只随便哪里都有我。若然万象都是空的幻的，我是终古不变的真理与实在；
你方才遨游黑夜的胜迹，你已经得见他许多珍藏的秘密，——你方才经过大海的边沿，不是看见一颗明星似的眼泪吗？——那就是我。

你要真静定，须向狂风暴雨的底里求去；

你要真和谐，须向混沌的底里求去；

你要真平安，须向大变乱，大革命的底里求去；

你要真幸福，须向真痛苦里尝去；

你要真实在，须向真空虚里悟去；

你要真生命，须向最危险的方向访去；

你要真天堂，须向地狱里守去；

这方向就是我。

这是我的话，我的教训，我的启方；

我现在已经领你回到你好奇的出发处，引起你游兴的夜里；

你看这不是湛露的绿草，这不是温驯的康河？愿你再不要多疑，听我的话，不会错的，——我永远在你的周围。”

一九二二年七月康桥

（写于 1922 年 7 月）

小诗

月，我含羞地说，
请你登记我冷热交感的情泪，
在你专登泪债的哀情录里；

月，我哽咽着说，
请你查一查我年表的滴滴清泪，
是放新账还是清旧欠呢？

（写于1922年7月21日）

私语

秋雨在一流清冷的秋水池，
一棵憔悴的秋柳里，
一条怯怜的秋枝上，
一片将黄未黄的秋叶上，
听他亲亲切切喁喁唼唼，
私语三秋的情思情事，情语情节，
临了轻轻将他拂落在秋水秋波的秋晕里，
一涡半转，跟着秋流去。
这秋雨的私语，三秋的情思情事，情诗情节，
也掉落在秋水秋波的秋晕里，
一涡半转，跟着秋流去。

七月二十一日

（写于 1922 年 7 月 21）

地中海中

梦

埃及魂人梦

（埃及，古埃及！）
昨夜你古希的精灵，
洒一瓢黝黄的月彩，
点染我的梦境；

（埃及，古埃及！）
我梦魂在海上游行，
听波涛终古的幽骚，
终古不平之鸣；

（埃及，古埃及！）
我鼓梦棹上溯时潮，
逆湍险，访史乘的泉源，
邀游云间宫堡；

（埃及，古埃及！）
在尘埃之外逍遥，
解脱了时空的锁链，
自由地翔翱；

（埃及，古埃及！）
超轶了梦境的神秘，
超轶了神秘的梦境，
一切人生之迷；

（埃及，古埃及！）
颠破了这颠不破的梦壳，
方能到真创造的庄严地，
凝成人间千年万年，
凝不成的理想结晶体；

（埃及，古埃及！）
开佛伦王寂寞的偶像无恙！
开佛伦王寂寞的理想无恙！
开佛伦王寂寞的梦乡无恙！

（埃及，古埃及！）
尼罗河畔的月色，
三角洲前的涛声，
金字塔光的微颤，
人面狮身的幽影！
是我此日梦景之断片，
是谁何时断片的梦景？

（写于1922年9月从英国归国途中）

秋月呀

秋月呀！
谁禁得起银指尖儿
浪漫地搔爬呵！
不信但看那广海的轻涛，可不是禁不住它玉指的抚摩，
在那里低徊饮泣呢！就是那
无聊的熏烟。
秋月的美满，
熏暖了飘心冷眼，
也清冷地穿上了轻缟的衣裳，
来参与这
美满的婚姻和丧礼。

（写于1922年10月6日）

清风
吹断

春朝梦

片片鹅绒眼前纷舞，
疑是梅心蝶骨醉春风；
一阵阵残琴碎箫鼓，
依稀山风催瀑弄青松；

梦底的幽情，素心，
缥缈的梦魂，梦境，——
都教晓鸟声里的清风，
轻轻吹拂——吹拂我枕衾，
枕上的温存——，将春梦解成
丝丝缕缕，零落的颜色声音！
这些深灰浅紫，梦魂的认识，
依然黏恋在梦上的边陲。
无如风吹尘起，漫潦梦屐，
纵心愿归去，也难不见涂踪便；

清风！你来自青林幽谷，
款布自然的音乐，
轻怀草意和花香，
温慰诗人的幽独，
攀帘问小姑无恙，
知否你晨来呼唤，
唤散一缘绻缱——
梦里深浓的恩缘？
任春朝富的温柔，
问谁偿逍遥自由？
只看一般梦意阑珊，——
诗心，恋魂，理想的彩云，——
一似狼藉春阴的玫瑰，
一似鹃鸟黎明的幽叹，
韵断香散，仰望天高云远，
梦翅双飞，一逝不复还！

（写于 1922 年 8 月 3 日）

十日前作《春梦》，偶然拈得此题，今日始勉强成咏，诗意过鞣且隐，词只掠影之功，音节不纯，尤所深憾；然梦固难显，灵奥亦何能遽达，独恨神游未远，又被同来阻隔耳！

八月三日

马赛

马赛，你神态何以如此惨淡？
空气中仿佛释透了铁色的矿质，
你拓臂环拥着的一湾海，也在迟重的阳光中，
沉闷地呼吸；
一涌青波，一峰白沫，一声呜咽；

地中海呀！
你满怀的牢骚，
恐只有皤白的阿尔帕斯[1]——永远
自万尺高处冷眼下瞰——深浅知悉。

马赛，你面容何以如此惨淡？
这岂是情热猖獗的欧南？

[1] 阿尔帕斯，疑为阿尔卑斯，欧洲最高大、最雄伟的山脉。

看这一带山岭，筑成天然城堡，
雄闳沉着，
一床床的大灰岩，
一丛丛的暗绿林，
一堆堆的方形石灰屋——
光土毛石的尊严，
朴素自然的尊严，
淡净颜色的尊严——
无愧是水让(Cézanne)[1]神感的故乡，
廊大[2]艺术灵魂的手笔！

但普鲁罔司情歌缠绵真挚的精神，
在黑暗中布植文艺复兴种子的精神，
难道也深隐在这些岩片杂草的中间，
惨雾淡抹的中间？

马赛，你惨淡的神情，
倍增了我别离的幽感，别离欧土的怆心；

---

[1] 水让（Cézanne）. 即 Paul Cézanne，今通译保罗·塞尚（1839—1906）法国著名印象派作家。

[2] 廊大，即 Pierre-Auguste Renoir，今译为皮埃尔·奥古斯特－雷诺阿（1841—1919），法国著名印象派画家。

我爱欧化，然我不恋欧洲；
此地景物已非，不如归去；
家乡有长梗菜饭，米酒肥羔，
此地景物已非，不堪存想。
我游都会繁庶，时有踯躅墟墓之感，
在繁华声色场中，有梦亦多恐怖；
我似见莱茵河边，难民麇伏，
冷月照鸠面青肌，凉风吹褴褛衣结，
柴火几星，便鸡犬也噤无声音；

又似身在咖啡夜馆中，
烟雾里酒香袂影，笑语微闻，
场中有裸女作猥舞，
场背有黑面奴弄器出淫声；
百年来野心迷梦，已教大战血潮冲破；
如今凄惶遍地，兽性横行；
不如归去，此地难寻干净人道，
此地难得真挚人情，不如归去！

（写于 1922 年 8 月从英国归国途中）

康桥西野

暮色

我常以为文字无论韵散的圈点并非绝对的必要。我们口里说笔上写得清利晓畅的时候,段落语气自然分明,何必多添枝叶去加点画。近来我们崇拜西洋了,非但现代做的文字都要循规蹈矩,应用“新圈钟”,就是无辜的圣经贤传红楼水浒,也教一班无事忙的先生,支离宰割,这里添了几只钩,那边画上几枝怕人的黑杠!!!真好文字其实没有圈点的必要,就怕那些“科学的”先生们倒有省事的必要。

你们不要骂我守旧,我至少比你们新些。现在大家喜欢讲新,潮流新的,色彩新的,文艺新的,所以我也只好随波逐流跟着维新。唯其为要新鲜,所以我胆敢主张一部分的诗文废弃圈点。这并不是我的创见,自今以后我们多少免不了仰西洋的鼻息。我想你们应该知道英国的小说家 George Choow,你们要看过他的名著 Krook Kerith,就知道散文的新定义新趣味新音节。

还有一位爱尔兰人叫做James Joyce[1]，他在国际文学界的名气恐怕和蓝宁[2]在国际政治界上差不多，一样受人崇拜，受人攻击。他五六年前出了一部The Portrait of an Artist as Young Men[3]，独创体裁，在散文里开了一个新纪元，恐怕这就是一部不朽的贡献。他又做了一部书叫Ulysses[4]，英国美国谁都不肯不敢替他印，后来他自己在巴黎印行。这部书恐怕非但是今年，也许是这个时期里的一部独一著作。他书后最后一百页（全书共七百几十页）那真是纯粹的“Prose[5]”，像牛酪一样润滑，像教堂里石坛一样光澄，非但大写字母没有，连，。……？：——；——！()“”等可厌的符号一齐灭迹，也不分章句篇节，只有一大股清丽浩瀚的文章排界而前，像一大匹白罗披泻，一大卷瀑布倒挂，丝毫不露痕迹，真大手笔！

至于新体诗的废句须大写，废句法点画，更属寻常，用不着引证。但这都是乘便的饶舌。下面一首乱词，并非故意不用句读，实在因为没有句读的必要，所以画好了蛇没有添足上去。

---

[1] James Joyce，詹姆斯·乔伊斯(1882—1941)，爱尔兰作家、诗人，意识流小说的代表作家，代表作有《尤利西斯》等。

[2] 蓝宁，现通译为列宁。

[3] The Portrait of an Artist as Young Men，即乔伊斯的小说《青年艺术家的画像》。

[4] Ulysses，即乔伊斯的小说《尤利西斯》。

[5] Prose，英语，意为散文。

一个大红日挂在西天
紫云绯云褐云
簇簇斑斑田田
青草黄田白水
郁郁密密鬋鬋
红瓣黑蕊长梗
罂粟花三三两两

一大块透明的琥珀
千百折云凹云凸
南天北天暗暗默默
东天中天舒舒阖阖
宇宙在寂静中构合
太阳在头赫里告别
一阵临风
几声“可可”

一颗大胆的明星
仿佛骄矜的小艇
抵牾着云涛云潮
兀兀漂漂潇潇
侧眼看暮焰沉销
回头见伙伴来

晚霞在林间田里
晚霞在原上溪底
晚霞在风头风尾
晚霞在村姑眉际
晚霞在燕喉鸦背
晚霞在鸡啼犬吠

晚霞在田陇陌上
陌上田垅行人种种
白发的老妇老翁
屈躬咳嗽龙钟

农夫工罢回家
肩锄手篮口衔菰巴
白衣裳的红腮女郎
攀折几茎白葩红英
笑盈盈翳人绿荫森森
跟着肥满蓬松的“北京”
罂粟在凉园里摇曳
白杨树上一阵鸦啼
夕照只剩了几痕紫气
满天镶嵌着星巨星细
田里路上寂无声响
榆荫里的村屋微泄灯芒
冉冉有风打树叶的抑扬
前面远远的树影塔光
罂粟老鸦宇宙婴孩
一齐沉沉奄奄眠熟了也

（1922年写于英国）

康河晚照

即景

这心灵深处的欢畅，

这情绪境界的壮旷；

任天堂沉沦，地狱开放，

毁不了我内府宝藏！

（1923年5月10日《小说月报》14卷5号）

泰山

日出

振铎来信要我在《小说月报》的泰戈尔号上说几句话。我也曾答应了，但这一时游济南游泰山游孔陵，太乐了，一时竟拉不拢心思来做整篇的文字，一直挨到现在限期快到，只得勉强坐下来，把我想得到的话不整齐的写出。

我们在泰山顶上看太阳，在航过海的人，看太阳从地平线下爬上来，本来不是奇事；而且我个人是曾饱饫过江海与印度洋无比的日彩的。但在高山顶上看日出，尤其在泰山顶上，我们无餍的好奇心，当然盼望一种奇特的境界，与平原与海上不同的。果然，我们初起时，天还暗沉沉的，西方是一片的铁青，东方些微有些白意，宇宙只是——如用旧词形容——一体莽莽苍苍的。但这是我一面感觉劲洌的晓寒，一面睡眠不曾十分醒豁时约略的印象，等到留心回览时，我不由得大声的狂叫——

因为眼前只是一个见所未见的境界，原来昨夜整夜风暴的工程，却砌成一座普遍的云海，除了日观峰与我们所在的玉皇顶以外，东西南北只是平铺着弥漫的云气，在朝旭未露前，宛似无量数厚毳长绒的绵羊，交颈接背的眠着，卷耳与弯角都依稀辨认得出，那时候在这茫茫的云海中，我独自站在雾霭溟渀的小岛上，发生了奇异的幻想——

我躯体无限的长大，脚下的山峦比例我的身量，只是一块拳石；这巨人披着散发，长发在风里像一个墨色的大旗，飒飒的在飘荡。这巨人竖立在大地的顶尖上，仰面向着东方，平拓着一双长臂，在盼望，在迎接，在催促，在默默的叫唤；在崇拜，在祈祷，在流泪，——在流久慕未见而将见悲喜交互的热泪……

这泪不是空流的，这默祷不是不生显应的。

巨人的手，指向着东方——

东方有的，在展露的，是什么？

东方有的是瑰丽荣华的色彩，东方有的是伟大普照的光明——出现了，到了，在这里……

玫瑰汁，葡萄浆，紫荆汁，玛瑙精，霜枫叶——大量的染工，在层累的云底工作；无数蜿蜒的鱼龙，爬进了苍白色的云堆。

一方面的异彩，揭去了满天的睡意，唤起了四隅的明霞——光明的神驹，在热奋地驰骋……

云海也活了；眠熟了兽形的涛澜，又回复了伟大的呼啸，昂头摇尾的向着我们朝露染青馒形的小岛冲洗，激起了四岸的水沫浪花，震荡着这生命的浮礁，似在报告光明与欢欣之临在……

再看东方——海句力士已经扫荡了他的阻碍，雀屏似的金霞，从无限的肩上产生，展开在大地的边沿。起……起……用力，用力，纯焰的圆颅，一探再探的跃出了地平，翻登了云背，临照在天空……

歌唱呀，赞美呀，这是东方之复活，这是光明的胜利……

散发祷祝的巨人，他的身影横亘在无边的云海上，已经渐渐的消翳在普遍的欢欣里；现在他雄浑的颂美的歌声，也已在彩霞变幻中，普彻了四方八隅……

听呀，这普彻的欢声；看呀，这普照的光明！

这是我此时回忆泰山日出时的幻想，亦是我想望泰戈尔来华的颂词。

（1923年4月28日《南开半月刊》第11期）

幻想

一

天空里幻出一带的长虹，
一条七彩双首乔背的神龙；
一头的龙喙与龙须与龙髯，
淹没在埂奇河春泛之濑湍，
一头的龙爪，下踞在河北江南，
饮啜于长江大河，咽响如雷，
这彩色神明的巨怪，
满吸了东亚的大水，
昂首向坎坷的地面寻着，
吼一声，可怜，苦旱的人间！
遍野的饥农，在面天求怜，
求救渡的甘霖，满溢田田——
看呀，电闪里长鬣舞旋，
转惨酷为欢欣在俄顷之间！

二

天空里幻出长虹一带，

在碧玉的天空镶嵌，

一端挽住昆仑的山坳，

一端围绕在喜马拉雅之巉岩；

是谁何的匠心，制此巨采，

问伟男何在，问伟男何在？

披苍空普盖的青衫，

束此神异光明之带，

举步在浩宇里徘徊，

啊，踏翻，南北白头的高山，

霎时的雪花狂舞，雪花狂洒，

普化了东与西，洒遍了北与南，

丈夫！这纯澈无路的世界，

产生于一转之俄顷之间。

（1923年9月10日《小说月报》第14卷第9号）

八月

的
太阳

八月的太阳晒得黄黄的，
谁说这世界不是黄金？

小雀在树荫里打盹，
孩子们在草地里打滚。

八月的太阳晒得黄黄的，
谁说这世界不是黄金？

金黄的树林，金黄的草地，
小雀们合奏着欢畅的清音：

金黄的茅舍，金黄的麦屯，
金黄是老农们的笑声。

（约写于 1923 年）

铁柝歌

铁柝，铁柝，铁柝——三更：
夜色在更韵里沉吟，
满院只眠熟的树荫，
天上三五颗冷淡的星。

铁索，铁索……逝水似的消幻，
只缕缕星芒，漫洒在屋溜间；
静夜忽的裂帛似的撕碎——
一声声，愤急，哀乞，绝望的伤惨。

马号里暗暗的腐稻一堆：
犬子在索乳，呶呶的纷哕；
僵附在墙边，有瘦影一枚，
羸瘪的母狗，忍看着饥孩——

“哀哀，我馁，且殆，奈何饥孩，
儿来，非我罪，儿毙，我心摧”……
哀哀，在此深夜与空院，
有谁同情母道之悲哀？

哀哀，更柝声在巷外浮沉，
悄悄的人间，浑浑的乾坤；
哀哀这中夜的嗥诉与哀呻，
惊不醒——一丝半缕的同情！

正愿人间的好梦睡稳！
一任遍地的嗥诉与哀呻，
乞怜于黑夜之无灵，应和
街前巷后的铁柝声声！

端节后

（写于1923年6月）

悲思

悲思在庭前——
不；但看
新萝憨舞，
紫藤吐艳，
蜂迯蝶恋——
悲思不在庭前。

悲思在天上——
不；但看——
青白长空，
气宇晴朗，
云雀回舞——
悲思不在天上。

悲思在我笔里——
不；但看
白净长毫，
正待抒写，
浩坦心怀——
悲思不在我的笔里。

悲思在我纸上——
不；但看
质净色清，
似在腼盼，
诗意春情——
悲思不在我的纸上。

悲思莫非在我……

心里——

心如古墟，

野草不株，

心如冻泉，

冰结活源，

心如冬虫，

久蛰久噤——

不，悲思不在我的心里！

五月十三日

（写于1923年5月13日）

小花篮

——送卫礼贤先生

一年前此时，我正与博生、通伯同游槐马[1]与耶纳[2]，访葛德[3]、西喇[4]之故居，买得一小花篮，随采野草实之，今草已全悴，把玩不觉兴感，因作左诗。

（卫礼贤先生，通我国学，传播甚力，其生平所最崇拜者，孔子而外，其邦人葛德是，今在北大讲葛德，正及其意大利十八月之留。）

[1] 槐马，今通译魏玛，德国著名城市。歌德和席勒曾在此创作出许多不朽的作品。

[2] 耶纳，今通译耶拿，德国著名城市，有世界名校弗里德里希·席勒大学。

[3] 葛德，Johann Wolfgang von Goethe，今通译约翰·沃尔夫冈·冯·歌德(1749—1832)，德国著名诗人、思想家，代表作有《浮士德》等。

[4] 西喇，即 Johann Christoph Friedrich von Schiller．今通译约翰·克里斯托弗里·弗里德里希·冯·席勒（1759—1805），德国著名诗人、思想家、历史学家，代表作有《阴谋与爱情》等。

我买一只小小的花篮，
杜陵人手编的兰花篮；

我采集一把青翠的小草，
从玫瑰园外的小河河边；

把那些小草装入了小篮；
小小的纪念，别有风趣可爱。

当年葛德自罗马归来，
载回朝旭似文化的光彩；

如今玫瑰园中清简的屋内，
贴近他创制诗歌的书案。
（Rosen-garden[1] 在 Weimer[2] 葛德制诗处）

留着个小小的纪念：非造像，
非画件，亦非是古代史迹：

[1] Rosen—garden，玫瑰园。
[2] Weimer，魏玛公国。歌德曾多年担任这个公国的大臣。

一束罗马特产的鲜菜，
如今僵缩成一小撮的灰骸！

这一小撮僵缩的灰骸，
却最澄见他宏坦的诗怀！

我冥想历史进行之参差，
问何年这伟大的明星再来？

听否那黄海东海南海的潮声，
声声问华族的灵魂何时自由？

我自游槐马归来，不过一年，
那小篮里的鲜花，已成枯蜷；

我感怀于光阴造作之荣衰，
亦憬然于生生无已之循环；

便历尽了人间的悲欢变幻，
也只似微波在造化无边之海！

（写于1923年3月16日）

花牛歌

花牛在草地里坐，
压扁了一穗剪秋萝。

花牛在草地里眠，
白云霸占了半个天。

花牛在草地里走，
小尾巴甩得滴溜溜。

花牛在草地里做梦，
太阳偷渡了西山的清风。

（约写于 1923 年）

北方的冬天是冬天

北方的冬天是冬天！
满眼黄沙漠漠的地与天；
赤膊的树枝，硬搅着北风先——
一队队敢死的健儿，傲立在战阵前！
不留半片残青，没有一丝黏恋，
只拼着精光的筋骨；凝敛着生命的精液，
耐，耐三冬的霜鞭与雪拳与风剑，
直耐到春阳征服了消杀与枯寂与凶惨，
直耐到春阳打开了生命的牢监，放出一瓣的树头鲜！
直耐到忍耐的奋斗功效见，健儿克敌回家酣笑颜！
北方的冬天是冬天！
满眼黄沙茫茫的地与天；
田里一只呆顿的黄牛，
西天边画出几线的悲鸣雁。

（写于 1923 年 1 月 22 日）

我是个

无依无伴的
小孩

我是个无依无伴的小孩，
无意地来到生疏的人间：

我忘了我的生年与生地，
只记从来处的草青日丽；

青草里满泛我活泼的童心，
好鸟常伴我在艳阳中游戏；

我爱啜野花上的白露清鲜，
爱去流涧边照弄我的童颜；

我爱与初生的小鹿儿竞赛，
爱聚砂砾仿造梦里的亭园；

我梦里常游安琪儿的仙府，
白羽的安琪儿，教导我歌舞；

我只晓天公的喜悦与震怒，
从不感人生的痛苦与欢娱；

所以我是个自然的婴孩，
误入了人间峻险的城围：

我骇诧于市街车马之喧扰，
行路人尽戴着忧惨的面罩；

铅般的烟雾迷障我的心府，
在人丛中反感恐惧与寂寥；

啊！此地不见了清涧与青草，
更有谁伴我笑语，疗我饥闷，

我只觉刺痛的冷眼与冷笑，
我足上沾污了沟渠的泞潦；

我忍住两眼热泪，漫步无聊，
漫步着南街北巷，小径长桥；

我走近一家富丽的门前，
门上有金色题标，两字“慈悲”；

金字的慈悲，令我欢慰，
我便放胆跨进了门槛；

慈悲的门庭寂无声响，
堂上隐隐有阴惨的偶像；

偶像在伸臂，似庄似戏，
真骇我狂奔出慈悲之第；

我神魂惊悸慌张地前行，
转瞬间又面对“快乐之园”；

快乐园的门前，鼓角声喧，
红衣汉在守卫，神色威严；

游服竞鲜艳，如春蝶舞翩跹，
园林里阵阵香风，花枝隐现；

吹来乐音断片，招诱向前，
赤穷孩蹑近了快乐之园！

守门汉霹雳似的一声呼叱，
震出了我骇愧的两行急泪；

我掩面向僻隐处飞驰，
遭罹了快乐边沿的尖刺；

黄昏。荒街上尘埃舞旋，
凉风里有落叶在呜咽；

天地看似墨色螺形的长卷，
有孤身儿在踟蹰，似退似前；

我仿佛陷落在冰寒的阱錮，
我哭一声我要阳光的暖和！

我想望温柔手掌，偎我心窝，
我想望搂我入怀，纯爱的母；

我悲思正在喷泉似的溢涌，
一闪闪神奇的光，忽耀前路；

光似草际的游萤，乍显乍隐，
又似暑夜的飞星，窜流无定；

神异的精灵！生动了黑夜，
平易了途径，这闪闪的光明；

闪闪的光明！消解了恐惧，
启发了欢欣，这神异的精灵；

昏沉的道上，引导我前进，
一步步离远人间进向天庭；

天庭！在白云深处，白云深处，
有美安琪敛翅羽，安眠未醒；

我亦爱在白云里安眠不醒
任清风搂抱，明星亲吻殷勤；

光明！我不爱人间，人间难觅
安乐与真情，慈悲与欢欣；

光明，我求祷你引致我上登
天庭，引挈我永住仙神之境；

我即不能上攀天庭，光明，
你也照导我出城围之困，

我是个自然的婴儿，光明知否，
但求回复自然的生活优游；

茂林中有餐不罄的鲜柑野栗，
青草里有享不尽的意趣香柔……

五月六日

（写于1923年5月6日）

题

西湖所摄照片之后

我是从悲伤沉闷中，
来到这天然的胜处，
此窟里潜行的流涧，
又见了树色与天光。

（写于1923年10月下旬）

雀儿，

雀儿

雀儿，雀儿，
你进我的门儿，
你又想出我的门儿。
嘭呀，嘭呀，
玻璃老碰你的头儿！
……

屋子里阴凉，
院子里有太阳。
屋子里就有我——你不爱；
院子里有的是，
你的姐姐妹妹好朋友！

我张开一双手儿，
叫一声雀儿雀儿；
我愿意做你的妈，
你做我乖乖的儿。

每天吃茶的时候，
我喂你碎饼干儿。
回头我们俩睡一床，
一同到甜甜的梦里去，
唱一个新鲜的歌儿。
……

（写于1923年6月初）

山中大雾

看景

这一瞬息的展雾——
是山雾
是台幕
这一转瞬的沉闷。
是云蒸，
是人生？

那分明是山、水、田、庐，
又分明是悲、欢、喜、怒，
啊，这眼前刹那间开朗，
我仿佛感悟了造化的无常！

（写于 1924 年 8 月）

白话词

十二首

一、转调满庭芳

池边青草，院里绿阴，向窗外一望，晚晴真好啊！帘也打起来，门也打开来，有客来么，正好。我一个人吃酒正觉得寂寞，又想起行人未归，好不难过，坐下吃一杯酒吧，荼蘼是开过了，还有梨花可赏呢。

不要谈到从前赏花的胜会，打扮起来，高朋满座，看着外面的王孙公子，车水马龙，虽然遇到风雨，依然觉得痛快，如今没有这种兴会了，这样的好时节也是空的。

原词 转调满庭芳

芳草池塘，绿阴庭院，晚晴寒透窗纱。玉钩金鏁，管是客来吵。寂寞尊前席上，惟□□海角天涯。能留否，荼藤落尽，犹赖有梨花。

当年，曾胜赏，生香薰袖，活火分茶。极目犹龙骄马，流水轻车。不怕风狂雨骤，恰才称，煮酒残花。如今也，不成怀抱，得似旧时那？

二、蝶恋花

这样的长夜，真不好过，去是想去的，怎样去呢？告诉他快些回来罢，大好的青春，不要辜负啊。

随便吃一杯呢，有点醉意有点酸意也活得有趣，不要笑我这个年纪还要戴花，不只我老了，春也快老呢？

原词 蝶恋花上巳召亲族

永夜厌厌，欢意少。空梦长安，认取长安道。为报今年春色好。花光月影宣相照。

随意杯盘虽草草。酒美梅酸，恰称人怀抱。醉莫插花花莫笑。可怜春似人将老。

三、怨工孙

困处在深闺，春要快去了，行人一点的消息都没有，寄一个信给他么？托谁寄呢？这怎么好。

多情的自然是什么都放不下，寒食又到了，这静悄，秋千也空着，只有向月亮浸着白白的梨花。

原词 怨王孙

帝里春晚，重门深院。草绿阶前，暮天雁断。楼上远信谁传？恨绵绵。

多情自是多沾惹，难拼舍，又是寒食也。秋千巷陌人静，皎月初斜，浸梨花。

四、浣溪纱

登楼一看，天气真好，不过春已远了，人还未归，触景伤怀，我真不愿意再看。

楼下呢，新竹也长成了，落花片片，给燕带到巢里，这都是伤心的，何况树上的杜鹃叫得尤其难听。

原词 浣溪纱

楼上晴天碧四垂。楼前芳草接天涯。劝君莫上最高梯。

新笋已成堂下竹，落花都上燕巢泥，忍听林表杜鹃啼。

五、减字木兰花

刚才向花担卖（买）得一枝春花，新鲜得很。泪珠般的朝露，还未干呢？

恐怕那个人会笑我“没有春花长得好看”。我要戴起来，定要他说出我好看还是花好看。

原词 减字木兰花

卖花担上，买得一枝春欲放。泪染轻匀。犹带彤霞晓露痕。

怕郎猜道，奴面不如花面好，云鬓斜簪，徒要教郎比并看。

六、品令

啊！秋雨来了，今年来得这样早呢？对着这黄昏雨景，那不能不吃一杯酒，写一首诗，莲花的季节快完了，莲房还小呢。

花草虽然有情，怎比得人情好呢，有一句话，我要待酒后向荷花问一问，“你比去年老了一些么，我呢？”

原词　品令

急雨惊秋晓。今岁较，秋风早。一觞一咏，更须莫负，晚风残照。可惜莲花已谢，莲房尚小。

汀蘋岸草。怎称得，人情好。有些言语，也待醉折，荷花问道。道与荷花，人比去年总老。

七、行香子

秋天的光景是不错的，不过我有一点伤感，看见菊花黄又晓得是重阳快到了。风也到了，雨也到了，凉也到了，不能不加一件衣吃一杯酒。

醉醒来又是黄昏的时候，孤零得可怕，凄凉得难过，这么长的夜，还有捣衣声，虫叫声，更漏声，震动耳鼓，打动心门，一个人对着明月怎睡得着呢？

原词　行香子

天与秋光，转转情伤。探金英，知近重阳。薄衣初试，绿蚁初尝。渐一番风，一番雨，一番凉。

黄昏院落，凄凄惶惶。酒醒时，往事愁肠。那堪永夜，明月空床。闻砧声捣，蛩声细，漏声长。

八、永遇乐

夕阳衬着的暮云特别艳丽，那人去的还未归。还有柳啊，梅啊，春天也不早，元宵快到，现在虽然晴和，到时候的风雨恐怕免不了，酒朋诗友啊，不要劳驾罢！

想起在中州时的快活日子，重阳啦，端五啦，说不尽的热闹，如今这个年头，打扮已经懒了，更说不到去逛，只管听着人家顽罢。

原词 永遇乐

落日熔金，暮云合璧，人在何处。染柳烟浓，吹梅笛怨，春意知几许。元宵佳节，融和天气。次第岂无风雨。来相召，香车宝马，谢他酒朋诗侣。

中州盛日，闺门多暇，记得偏重三五。铺翠冠儿，捻金雪柳，簇带争济楚。如今憔悴，风鬟霜鬓，怕见夜间出去。不如向，帘儿底下，听人笑语。

九、渔家傲

下雪了，春快来了，梅花也妆扮起来呢，好像半面美人儿刚才出浴的样子。

天公也很凑趣呢，你看这样好月亮，花前月下，怎好不吃一杯，何况对着这样好梅花。

原词　渔家傲

雪里已知春信至。寒梅点缀琼枝腻。香脸半开娇旖旎。当庭际。玉人浴出新妆洗。

造化可能偏有意。故教明月玲珑地。共赏金尊沉绿蚁。莫辞醉，此花不与群花比。

十、庆清朝慢

这一盘花长得像美人一般，天真可爱，教人怎不爱惜她，何况春花都已开过，越发觉得她的时妆一新，不单风啊月啊有些不自在，春皇为了她也不愿走呢。

所以东城的哥儿南乡的姐儿，都争着赏花去，不过赏花的吃酒吃过了，还有什么花要赏呢？假使能够挽留的话，一天早赏到晚，晚赏到早，我都愿意的。

原词　庆清朝慢

禁幄低张，彤栏巧护，就中独占残春。容华淡伫，绰约俱见天真。待得九花过后，一番风露晓妆新。妖娆艳态，妒风笑月，长殢东君。

东城边，南陌上，正日烘池馆，兑走香轮。绮筵散日，谁人可继芳尘。更好明光宫殿，几枝先近日边匀。金尊倒，拼了尽烛，不管黄错。

十一、多丽白菊

一个人独住小楼，又为秋天更觉寂寞，夜也特别长，管他呢，早睡罢，怎晓夜来风雨，无情地，打得花枝尽落，愁眉丧脸。只有菊花，越有风雨越发起劲，你看啊，一股清香，荼藤不如呢？

不过秋也快还（完）了，花也觉得渐渐憔悴，怪可怜的，我倒有点依依不舍的样子，有什么办法呢，纵然是十分爱惜也爱惜不来啊，各处的菊花都不过如此，东篱不是一样吗？

原词 多丽 咏白菊

小楼寒，夜长帘幕低垂。恨萧萧无情风雨，夜来揉损琼肌。也不似，贵妃醉脸，也不似，孙寿愁眉，韩令偷香，徐娘傅粉、莫将比拟未新奇。细看取，屈平陶令，风韵正相宜。微风起，清芬酝藉，不减荼縻。

渐秋阑，雪清玉瘦，向人无限依依。似愁凝，汉皋解佩，似泪洒、纨扇题诗。朗月清风，浓烟暗雨，天教憔悴度芳姿。纵爱惜，不知从此，留得几多时。人情好，何须更忆，泽畔东篱。

十二、满庭芳 残梅

躲起小阁来，日子虽然显长，也觉得深幽有趣。炉香已过，天也晚了，种的梅花很不错呀，何必要到外面看去？寂寞是寂寞一点，从前何先生在扬州时不是这样吗？

要晓得梅花不是讲热闹的，也经不起风雨，现在这样零落，我太难过了，由他去罢，感情是永远不能磨灭的，再到了有月亮的时候，对他的零落影子也一样可爱。

原词　满庭芳 残梅

小阁藏春，闲窗锁昼，画堂无限深幽。篆香烧尽，日影下帘钩。手种江梅更好，又何必，临水登楼。无人到，寂寥浑似，何逊在扬州。

从来知韵胜，难堪雨藉，不耐风揉。更谁家横笛，吹动浓愁。莫恨香消雪减，须信道，扫迹情留，难言处，良宵淡月，疏影尚风流。

（写于 1924 年前后）

朝雾里的小草花

这岂是偶然，小玲珑的野花!
你轻含着鲜露颗颗。
怦动的像是慕光明的花蛾。
在黑暗里想念焰彩，晴霞;

我此时在这蔓草丛中过路。
无端的内感，惘怅与惊讶，
在这迷雾里，在这岩壁下，
思忖着，泪怦怦的，人生与鲜露?

(写于1924年8月)

一封信

——给抱怨生活干燥的朋友

得到你的信，像是掘到了地下的珍藏，一样的稀罕一样的宝贵。

看你的信，像是看古代的残碑，表面是模糊的，意致却是深微的。

又像是在尼罗河旁边幕夜，在月正照着金字塔的时候，梦见一个穿黄金袍服的帝王，对着我作谜语，我知道他的意思，他说："我无非是一个体面的木乃伊。"

又像是我在这重山脚下半夜梦醒时，听见松林里夜莺的 soprano[1]，可怜的遭人厌毁的鸟，你虽则没有子规那样天赋的妙舌，但我却懂得他的怨愤，他的理想，他的急调，是他的嘲讽与咒诅：我知道他怎样的鄙蔑一切，鄙蔑光明，鄙蔑烦嚣的燕雀，也鄙弃自喜的画眉。

又像是我在普陀山发现的一个奇景；外面看是一大

[1] Soprano，英文，意为女高音；最高音。

块岩石，但里面却早被海水蚀空，只剩罗汉头似的一个脑壳，每次海涛向这岛身搂抱时，发出极奥的音响，像是情话，像是咒诅，像是祈祷，在雕空的石笋，钟乳间呜咽，像大和琴的谐音，在皋雪格[1]的古寺的花椽、石楹间回荡——但除非你有耐心与勇气，攀下几重的石岩，俯身下去凝神的察看与倾听，你也许永远不会想象，不必说发现这样的秘密。

又像是……但是我知道，朋友，你已经听够了我的比喻，也许你愿意听我自然的嗓音与不做作的语调，不愿意收受用幻想的亮箔包裹着的话，虽则，我不能不补一句，你自己就是最喜欢从一个弯曲的白银喇叭里，吹弄你的古怪的调子。

你说："风大土大，生活干燥。"这话仿佛是一阵奇怪的凉风，使我感觉一个恐惧的战栗；像一团飘零的秋叶，使我的灵魂里掉下一滴悲悯的清泪。

我的记忆里，我似乎自信，并不是没有葡萄酒的颜色与香味，并不是没妩媚的微笑的痕迹，我想我总可以抵抗你那句灰色的语调的影响——

是的，昨天下午我在田里散步的时候，我不是分明看见两块凶恶的黑云消灭在太阳猛烈的光焰里，五只小山羊，兔子一样的白净，听着她们妈的吩咐在路旁寻草吃，三个捉草的小孩在一个稻屯前抛掷镰刀；自然的活泼给

[1] 皋雪格，英语 gothic（哥特武）的音译。

我不少的鼓舞，我对着白云里矗着的宝塔喊说我知道生命是有意趣的。

今天太阳不曾出来，一捆捆的云在空中紧紧的挨着，你的那句话碰巧又添上了几重云蒙，我又疑惑我昨天的宣言了。

我也觉得奇怪，朋友，何以你那句话在我的心里，竟像白垩涂在玻璃上，这半透明的沉闷是一种很巧妙的刑罚，我差不多要喊痛了。

我向我的窗外望，暗沉沉的一片，也没有月亮，也没有星光，日光更不必想，他早已离别了，那边黑蔚蔚的是林子，树上，我知道，是夜鸮的寓处，树下累累的在初夜的微芒中排列着，我也知道，是坟墓，僵的白骨埋在硬的泥里，磷火也不一星，这样的静，这样的惨，黑夜的胜利是完全的了。

我闭着眼向我的灵府里问讯，呀，我竟寻不到一个与干燥脱离的生活的意象，干燥像一个影子，永远跟着生活的脚后，又像是葱头的葱管，永远附着在生活的头顶，这是一件奇事。

朋友，我抱歉，我不能答复你的话，虽则我很想，我不是爽恺的西风，吹不散天上的云罗，我手里只有一把粗拙的泥锹，如其有美丽的理想或是希望要埋葬，我的工作是现成的——我也有过我的经验。

朋友，我并且恐怕，说到最后，我只得收受你的影响，因为你那句话，已经凶狠的咬入我的心里，像一个有毒的蝎子，已经沉沉的压在我的心上，像一块盘陀石，我只能忍耐，我只能忍耐。……

二月二十六日

（写于1924年2月26日）

一个

噩梦

我梦见你——呵，你那憔悴的神情！——
手捧着鲜花腼腆的做新人；
我恼恨——我恨你的良心，
我又不忍，不忍你的疲损。

你为什么负心？我大声的诃问——
但那喜庆的闹乐侵蚀了我的恚愤；
你为什么背盟？我又大声的诃问——
那碧绿的灯光照出你两腮的泪痕！

仓皇的，仓皇的，我四顾观礼的来宾——
为什么这满堂的鬼影与逼骨的阴森？
我又转眼看那新郎——啊，上帝有灵光！——
却原来，偎傍着我爱，是一架骷髅狰狞！

（1924年11月2日《晨报副刊》）

她在那里

她不在这里，
她在那里：

她在白云的光明里：
在澹远的新月里；

她在怯露的谷莲里：
在莲心的露华里；

她在膜拜的童心里：
在天真的烂漫里；

她不在这里，
她在自然的至粹里！

（写于 1925 年前后）

荒凉

的

城子

我眼前暗沉沉的地面，

我眼前暗森森的诸天。

她，——我心爱的，哪里去了，——那女子，

她的眼明星似的闪耀？

我眼前一片凄凉的街市。

我眼前一片凄凉的城子。

灾难后的城子，只剩有

剐残的人尸。

黎明时我忧忡忡的起身，

打开我的窗棂，

进来的却不是光明，进来的

是鲜明的爱情。

树枝上的鸟雀已经苏醒起，

我倾听他们的歌音；
他们各自呼唤着他们的恋情；
就只我是孤身。

这是生命与快乐的时辰，
我在我心里说话。
各个的生物有他的欢欣，
在阳光中过他的生活，
他们在各个同伴的眼内寻着。
光明，那怜惜的光明，
这是相互怜惜的时候，这是
相互爱恋的光阴。

说话呀！荒凉的城子！说话呀！
凄凉中的寂静！
她，我挚爱的，哪里去了，
她，认识我的魂灵？
那热情的眼如今在哪里？
曾经对着我的眼含情的凝睇？
那亲吻我的香唇如今在哪里？
在那里，那酥胸曾经我的
胸怀偎依？
说话呀，你我灵魂的灵魂：

我心里的情怀已经默起，
告诉我，在那毁灭与恐怖的日子
你遁迹在哪里？
看呀，我的手臂依旧抱着你，
抱着你是抱着天体，
看呀，我的心愿依旧靠傍着你，
我的心愿充塞着大地。

我不禁在忧伤中悲诉，
我离开了窗前，我转过身去，
我向着楼梯，走出门去
走上空虚的街去，
在忧伤中放声的哀恸，
可怜再没有人责我的过戾，
谁嘲讽我的软弱，更有
谁怜悯我的眼泪？

（约写于 1925 年前后）

那一点

神明的
火焰

又是一个深夜，寂寞的深夜，在山中，
浓雾里不见月影，星光，就只我：
一个冥蒙的黑影，蹀躞的沉思，
沉思的蹀躞，在深夜，在山中，在雾里，
我想着世界，我的身世，懊怅，凄迷，
灭绝的希冀，又在我的心里惊悸，
摇曳，像雾里的草须：她在哪里？
啊！她；这深夜，这浓雾，淹没了
天外的星光与月彩，却遮不住

那一点的光明，永远的，永远的，像一星
宝石似的火花，在我灵魂的底里；我正愿，
我愿保持这不朽的灵光，直到那一天
时间要求我的尘埃，我的心停止了跳动，
在时间浩瀚的尘埃里，却还存着那一点——
那一点神明的火焰，跳动，光艳，
不变
不变！

（1925年3月25日《晨报·文学旬刊》）

诗句

啊明月！你不减旧时的光辉——
这橄榄林中泛滥着夜莺的欢畅，
啊明月，我也不减旧时的伤悲——
你来照我枕边的泪痕清露似的滋长！

一九二五年夏，翡冷翠山中

（写于 1925 年夏）

给

母亲

母亲，那还只是前天
我完全是你的，你唯一的儿；
你那时是我思想与关切的中心：
太阳在天上，你在我的心里；
每回你病了，妈妈，如其医生们说病重，
我就忍不住背着你哭，
心想这世界的末日快来了；
那时我再没有更快活的时刻，除了
和你一床睡着，我亲爱的妈妈，
枕着你的臂膀，贴近你的胸膛，
跟着你和平的呼吸放心的睡熟，
正像是一个初离奶的小孩。

但在那二十几年间虽则那样真挚的忠心的爱，
我自己却并不知道；“爱”那个不顺口的字，
那时不在我的口边，
就这先天的一点孝心完全浸没了我的天性与生命。
这来的变化多大呀！
这不是说，真的，我不再爱你，
妈！或是爱你不比早年，那不是实情；
只是我新近懂得了爱，
再不像原先那天真的童子的爱，
这来是成人的爱了：
我，妈的孩子，已经醒起，并且觉悟了
这古怪的生命要求；

生命，它那进口的大门是
一座不灭的烈焰！爱——
谁要领略这里面的奥妙，
谁要觉着这里面的搏动，
（在我们中间能有几个到死不留遗憾的！）
就得投身进这焰腾腾的门内去——

但是，妈，亲爱的，让我今天明白的招认
对父母的爱，孝，不是爱的全部
那是不够的，迟早有一天，
这“爱人”化的儿子会得不自主的
移转他那思想与关切的中心，
从他骨肉的来源，
到那唯一的灵魂，
他如今发现这是上帝的旨意
应得与他自己的融合成一体——

自今以后——
不必担心，亲爱的母亲，不必愁
你唯一的孩儿会得在情感上远着你们——
啊不，你正应得欢喜，妈妈呀！
因为他，你的儿，从今起能爱，
是的，能用双倍的力量来爱你，
他的忠心只是比先前益发的集中了；
因为他，你的孩儿，已经寻着了快乐，
身体与灵魂，
并且初次觉着这世界还是值得一住的，

他从没有这样想过，
人生也不是过分的刻薄——
他这来真的得着了他应有的名分，
因此他在感激与欢喜中竟想
赞美人生与宇宙了！

妈呀“我们俩”赤心的，联心的爱你，
真真的爱你，
像一对同胞的稚鸽在睡醒时
爱白天的清光。

（写于 1925 年 8 月 1 日）

海边的梦

我独自在海边徘徊，
遥望着天边的霞彩，
我想起了我的爱，
不知她这时候何在？
我在这儿等待——
她为什么不来？
我独自在海边发痴——
沙滩里平添了无数的相思字。

假使她在这儿伴着我，
在这寂寥的海边散步？
海鸥声里，
听私语喁喁，
浅沙滩里，

印交错的脚踪，
我唱一曲海边的恋歌，
爱，你幽幽的低着嗓儿和！

这海边还不是你我的家，
你看那边鲜血似的晚霞；
我们要寻死，
我们交抱着往波心里跳，
绝灭了这皮囊，
好叫你我的恋魂悠久的逍遥。
这时候的新来的双星挂上天堂，
放射着不磨灭的爱的光芒。

夕阳已在沉沉的淡化，
这黄昏的美，
有谁能描画？
莽莽的天涯，
哪里是我的家，
哪里是我的家？
爱人呀，我这般的想着你，
你那里可也有丝毫的牵挂？

（1925年11月28日《现代评论》第2卷第51期）

翡冷翠

絮语

· 对一个有创造力的心情来说，孤独能像春风一样引出整个世界里隐藏的色与美；它们都无实质，但每一个都各以独特的方式，带来最强最活的生命气息。

· 一个沉浸在孤独之宝藏中的心灵，就像一颗棱面绚丽的宝石受到日光的射击。灵魂之奥秘将瞬息激发出含有不能想象的辉光的可见形式。

· 爱不但激起灵魂创造，也催迫它毁灭；毁灭是创造的绝对形式。

· 爱促使人们敢于向不可能挑战。

· 终身之恨，大多（如果不是全部的话）始于懦怯。

· 仅次于爱的最强烈最丰满的感情是怜。

仅次于自愿牺牲的最圣洁的品质是恕。

· 真正的宽恕来自心灵之光辉，而它的先决条件是超凡的智能。

· 一道光线遇到物件时，首先想透过它。做不到这样时，则满足于让它挡着而把它笼入其怀抱，这样就把这个不能透光的物质的体积及其确切轮廓精确地量出。

· 凡在一切圣母像中，神灵的生命是靠人类的仁爱这个真谛来传播的。神灵也就是通过人性向凡人作启示。除了在人性中能发现的东西之外，也就没有神灵之为物。“上帝就以自己的形态创造了人。”其实是人就以自己的形态创造了上帝。

·悲怆的心灵是有一种生命力的心灵。一个人对悲伤的感受力直接量出他的生长能力。

·主呀！难道夜莺歌唱时，狗就必得要吠吗？

·猫头鹰毕竟也是一位诗人，一个歌手，即使我们必须承认它十分不高也吧。事实上，就旋律倾诉更易掌握。枭的失败也就是拙劣，就是说，它把协律原则误认为重复的一致，而协律原则则是旋律之真秘，夜莺就美妙地了解这点。

（写于 1925 年旅欧途中）

一宿

有话

真正老牌“迦门”[1]

那晚上车我的手提包里有烟，有糖，有橘子，蜜酒，

睡车每间两个床位，我的是上铺，他在下面。

你是日本人?

不。

中国人。

是的。

你喝威司克[2]？唉欧(他意思是沙达水[3]，不是威司克)?

不，多谢。抽烟。

你到巴黎去长住?

不。

[1] 伽门，民国时期上海人称德国人为“伽门人”，即“日耳曼”。

[2] 威司克，Whiskey，今通译威士忌，一种著名的烈酒。

[3] 沙打水，疑为苏打水，一种软饮料。

我当过军官——在德皇御队里。

是的，那你打仗了？

从头到底——我一共打了七十二仗。

大英雄！你对敌是谁——是英是法？

全打过。

你杀死了多少人？

三千法国人，一千英国人。

谁会打些？

英国人；法国人不成。

为什么？

喝的太多，女人太多。

所以你杀了他们，还是看不起他们。法国女人呢？你们一定多的是机会。

喔要多少？她们可不干净你知道，洗得不够你知道。

司墨漆希，哈哈！

她们可长得好看不是？不比贵国人差对不对？

喔好看是有的，可没有用。她们不行，没有好身体，有病的你知道，不成。

你打了那么多仗，没有受伤？

喏你看！（他脱了褂子，剥开里衣，露出一个畸形的肩膀，骨胳像是全断了，凹下一个大坑，皮扭扭皱皱怪难看的。）

现在没有事了？

啊，你试试。（他伸出手臂，叫我摸他铁打似的栗子筋）

我是一个打拳的。

你怎么受伤的？

开花弹炸破的。我在这儿站着，弹子炸了，正当着我面，我赶快旋转身这里着了。

你倒了没有？

一点也不倒。

那你得进医院？

是的，在医院住五个星期，又回家去五个星期，那是十七年的年底。

下年正月我又回前敌去打。又弄死了不少法国人。

你是步队？

是的，步队；我打汤克（Tank）[1]。

怎么打法——汤克不是顶可怕的吗？

先打他的正面，再打旁面，打中就破了——我带了十三个大的。

你打了美国兵没有？

没有，我们打法国黑兵，顶没有用，比小鸡还容易捉。

再抽烟，请。你现在做什么事？

[1] 汤克（Tank），今通译为坦克。

做生意——衣服生意。你看我身上的就是我自己店里的。

你还愿意打仗吗？

当然，十年内你看着，德国打败英国法国。

怎么打法？

俄国人会得帮我们。他们先拿波兰，法国人的左腿就跛了。

啊那你少不了中国人帮忙！

不错不错，日耳曼，俄罗斯，支那联成一起，全世界翻身，法国“卡波脱”（破），日本卡波脱，美国卡波脱，英国更不用提了。

你也不爱日本？

不，日本人不成，他们自己没有文化，有文化就是支那德意志，日本人是猴子。

喝蜜酒吧，请，祝福我们将来联合的胜利。

再来一杯。

你有家了没有？

你问我有老婆？没有没有，有了家没有自由，我做生意，今天到这里，明天到那里，有了家就……（他想不出字）

Handicapped[1]？

啊不错，Handicapped！你看我的身体多好！你有刀吗？（他低了头去到表链上去解小刀，我看着他光秃的头顶，有三个

[1] Handicapped，英语，意为有生理缺陷的、残障的、智力低下的。

大疤，像老寿星的头，我忍不住笑了。）

你笑什么？

我笑法国人。（这时候他已经把小刀剥开，

摸他的锋利，我莫名其妙）

刀尖快不快？

快。

你看。（他伸出他的右腿，进着气，手拿着刀，尖头向下，

提得高高地，撒手，刀尖着股，咄的一声，弹下了地去，

像是碰着了一块有弹性的金属，再来一次）

了不得，了不得！（他得意笑了，头皮发亮）好汉！所以

你不爱女色？

喔有时候，女人多的是，我们付钱，她们爱——哈哈。可

是打仗顶好玩，比女人还有趣。

我信，所以你只盼望再打？你的政党是德意志国民党？

当然，你看这三色的党徽。

你看这次选举谁有希望？

胜利一定是我们——兴登堡[1]将军顶好。

你崇拜他？

[1] 兴登堡，即保罗·冯·兴登堡（1847—1934），德国陆军元帅和政治家，1925年起担任魏玛共和国第二任总统。

一百分。

好，我们再喝酒，祝你们政党的胜利。

昨晚柏林有好戏你看了没有？（他问）

“Oscar Wide[1]”？那是第一晚，我嫌贵没有去，你去了？

去了。

做得好？

不错。槐尔德[2]——的事情你信不信？

许有的，他就好奇。

好奇？我看是人的天性。你们中国有没有？

变例自然到处有；德国怎么样？

时行得很。没有什么希奇，学校里，军队里，柏林有俱乐部，你知道吗？

不知道，所以你们竟不以为奇？

一点也不，你到 M ü nchen[3] 去住几时就知道了。

吭，你们德国人真是伟大的民族！时候不早了，

休息吧，夜安。

---

[1] Oscar Wide，疑为 Oscar Wilde，即奥斯卡·王尔德（1954—1900），英国著名剧作家、诗人、散文家。

[2] 槐尔德，即前文所说的王尔德。

[3] Mü nchen，德语，即慕尼黑，德国巴伐利亚自由州首府。

这是我从柏林到巴黎那晚车上我自以为有趣的谈话，当晚我说过晚安上床去在枕上就记下了一些（英文），今天无意中检看，觉得还是有趣，所以翻了出来，但你们却不要误会以为德国全是这样，蠢，粗，忍，变性的，虽则像他同样脑筋的一定不少，要不然兴登堡将军哪里会有机会。我在这里又碰到一个德国人，他是我的好友，与那位先生刚巧相反。（他是打了四年的仗，但他恨极了打仗。）他是一个深思的、勤学、爱和平、有见地、敦厚、可亲的一个少年。只可惜一个人教育入了骨髓，思想有了分寸，他的外表的趣味就淡，你替他写照就不易，不比那位先生开口见喉咙，粗极，也有趣极，他想拿刀尖来扎腿的那类手势，在文明社会里，是否不可多得。

志摩 斐伦翠山中

六月七日

（1925年8月5日《晨报·文学旬刊》）

在车中

这回爬上乌拉尔的高冈，哈哈，
紫色的黄昏罩，三千里路的松林；
这边是亚细亚，那边是欧罗巴——
巨蟒似的青烟蜒，蜒上了乌拉山顶。
回望你那从来处的东——啊东方！
那一顶没有颜色的睡帽——西伯利亚，
深林住一个焦黄的老头儿——啊老黄，
你睡够了啊，为什么老是这哈欠？

再看那欧罗巴；堪怜的破罗马
拿破仑的铁蹄；威廉皇的炮弹花；
莱茵河边的青草；一个拆烂了的玩偶之家！
阿尔帕斯的白雪，啊，莫斯科的红霞！

（约写于1925年春）

四行诗

一首

忧愁他整天拉着我的心，
像一个琴师操练他的琴；
悲哀像是海礁间的飞涛：
看他那汹涌，听他那呼号！

（写于 1925 年 8 月 21 日）

再不迟疑

我不辞痛苦，因为我要认识你，上帝；
我甘心，甘心在火焰里存身，
到最后那时辰见我的真，
见我的真，我定了主意，上帝，再不迟疑！
……
我再不想成仙，蓬莱不是我的分；
我只要这地面，情愿安分的做人。

（1925年10月5日《晨报副刊》）

再不想望

高远的
天国

我心头平添了一块肉，
这辈子算有了归宿！
看白云在天际飞，
听雀儿在枝上啼。
忍不住感恩的热泪，
我喊一声天，我从此知足！
再不想望高远的天国！

（写于 1926 年 2 月 23 日）

“拿回吧，

劳驾，
先生”

啊，果然有今天，就不算如愿，
她这“我求你”也就够可怜！
“我求你，”她信上说，“我的朋友，
给我一个快电，单说你平安，
多少也叫我心宽。”叫她心宽！
扯来她忘不了的还是我——我，
虽则她的傲气从不肯认服；
害得我多苦，这几年叫痛苦
带住了我，像磨面似的尽磨！
还不快发电去，傻子，说太显——
或许不便，但也不妨占一点
颜色，叫她明白我不曾改变，
咳何止，这炉火更旺似从前！

我已经靠在发电处的窗前，
震震的手写来震震的情电，
递给收电的那位先生，问这
该多少钱，但他看了看电文，
又看我一眼，迟疑的说：“先生，
您没重打吧？方才半点钟前，
有一位年轻的先生也来发电，
那地址，那人名，全跟这一样，
还有那电文，我记得对，我想，
也是这……先生，您明白，反正
意思相似，就这签名不一样！”
“呒！是吗？噢，可不是，我真是昏！
发了又重发；拿回吧！劳驾，先生。”

（1926年6月3日《晨报副刊·诗镌》第10号）

醒！醒！

和霭的春光，
充满了鸳鸯的池塘；
快辞别寂寞的梦乡，
来和我摸一会鱼儿，折一枝海棠。

（写于 1927 年前后）

秋阳

这秋阳——他仿佛叫你想起什么。一个老友的笑容或是你故乡的山水。你看他多镇静，多自在，多可亲爱。在半枯的草地上躺着，在斑驳的树枝上挂着，在水面浮着。

你直想伸手去把他掬些在掌心里，朵着嘴去亲他一口。

要是你是一颗露水，低低的蹲在草瓣上，他就从东边的树荫里窜过来，一口噙住了你，叫你一肚子透明的思想显得分外透明。

要是你是一只长脊背的翠鸟翘着尾巴，从湖的这边平掠到湖的那一边，就从水面上跳起来在你的羽毛上飞快的印下几颗闪亮的金星。

不错，他是一个有心思有恩情的——好朋友。他不嫌农家的稻草，他一样摩挲长得不丰绽的鲜果。他想法儿去拜会你阁楼上的破旧零星。

你一个人坐在屋子里沉思的时候，他隔着窗户在跨着墙的青藤上含着最甜蜜的微笑望着你，意思说："别愁，朋友，有我在陪着你哪。"

月亮也是有恩情的，但他更来得殷勤，又好在不露痕迹。他不是派一个戴银帽的当差高高的擎着片子说某人送礼来了的那一套，他来就来了，不铺张的，也不让你觉得他轻盈的脚步，也不让你欠身起来让坐。

真的，他来就来了，拿着满满的一团温暖给揾在你的脸上，安在你的手上，窝在你的心里。

"留着，别让。"他仿佛说，"这是你的，咱们家里有着哪！"

在花丛里寻香的蝴蝶，懂得他的无限的柔媚。你别淌眼泪，他要你窝在心里，留着……

（1928年1月《秋野》第2期）

贺寿诗

（五言古风）

照颜范滂传，
髯苏母所督。
汉宋两贤媛，
先后耀嘉淑。
渊渊夫人穆，
与以分鼎足。
相夫一片心，
相偕挽车鹿。
脱簪添膏火，
学成举芳躅。

倾囊育英才，
天启后来福。
有子况范苏，
舆台视潘陆。
白头两伉俪，
堂上灯花卜。
今日进一辞，
更为期颐祝。

（写于 1929 年 11 月）

为的是

女人：
我对你祈祷，
我对你礼拜，
我对你乞讨，——
为的是……

女人：
我为你发痴。
我为你颓废，
我为你做诗，——
为的是……

女人：

我拿你咒骂，

我拿你凌迟，

我拿你践踏，——

为的是……

（1930年6月上海《金屋月刊》第9、10期合刊）

小诗

一首

我羡慕
他的勇敢，
一点亮
透出黑暗！

他只有
那一闪的焰，
但不问
宇宙的深浅。

多微弱
他那点光，
寂寞的，在
黑夜里彷徨！

（1931 年 4 月 15 日《北大学生周刊》第 1 卷第 10 期）

答

叔鲁先生

隐处西楼已半春，
绸缪未许有情人。
非关木石无恩意，
为恐东厢满醋瓶。

（写于 1931 年 5—6 月间）

《出其东门》

白话写意

出门溜一趟，
遇见了许多标致的女郎！
虽然有那么多标致的女郎，
全不放在我心上！

原文：

出其东门，
有女如云，
虽则如云，
匪我思存。

（约作于任教光华大学时期）

你

是谁呀?

你是谁呀?
面熟得很，你我曾经会过的，
但在哪里呢，竟是无从记起;
是谁引你到我密室里来的?
你满面忧怆的精神，你何以
默不出声，我觉得有些怕惧;
你的肤色好比干蜡，两眼里
泄露无限的饥渴;呀!他们在
迸泪、鲜红、枯干、凶狠的眼泪,
胶在睚帘边，多可怕，多凄惨!

——我明白了：我知晓你的伤感，
憔悴的根源；可怜！我也记起，
依稀，你我的关系像在这里，
那里，云里雾里，哦，是的是的！
但是再休提起：你我的交谊，
从今起，另辟一番天地，是呀，
另辟一番天地；再不用问你
——我希冀——“你是谁呀”？

（1922年写于英国）